Sabine Bartsch
Verlieb! Dich! Nicht!

Sabine Bartsch wurde im schönen Oldenburg geboren, wo sie eine unbeschwerte Kindheit mit ihrer Freundin Pippi Langstrumpf verbrachte. Nach dem Studium war sie in diversen Jobs als Kulturmanagerin tätig und ist heute Geschäftsführerin eines Kulturzentrums, in dem sich alles um Musik dreht. Ihre freie Zeit widmet sie dem Schreiben.

Außerdem von der Autorin erschienen:
Das mit dir und mir (dtv 2014)
A Song about Love (BoD 2016)
Diese ganze Herzscheiße (ebook 2017)
Zwischen Jetzt und Morgen (BoD 2019)

Sabine Bartsch
Verlieb! Dich! Nicht!

©2019 überarbeitete Neuauflage
© 2015 erschienen unter dem Titel „Das Zwillingsmatch"
Korrektorat: tapeaffairs
Cover- und Umschlaggestaltung: Laura Newman – design.lauranewman.de
Herstellung und Verlag:
BoD – Books on Demand, Norderstedt
Printed in Germany * ISBN 9 783749 467891

Amerika 2019

Für eine Weile in New York zu leben, schien mir damals ein verlockender Gedanke. Nach allem, was passiert war. In meiner reichlich naiven Vorstellung bewohnte ich ein cooles Apartment in Manhattan mit Blick auf den Hudson. Ging mit spannenden Menschen in spannende Bars und Restaurants. Theaterbesuche, Vernissagen, abgefahrene Konzerte. Mit angesagten Rockstars zum Dinner. Etwa so hatte ich mir meine Zeit in Amerika erträumt.

Nun, die Realität war nicht ganz so gnädig. Vorsichtig ausgedrückt. Die hat mich in dieses muffige Kellerloch verfrachtet, vor dessen aufgebrochener Tür ich jetzt stehe. Ich blicke auf den abgebröckelten Putz, während mein Herz gegen meine Brust hämmert.

Hier bin ich also gelandet. Weit entfernt von Manhattan. Keinen Blick auf den Hudson. Kein Dinner mit Rockstars.

Stattdessen Penner, die auf dem Gehsteig liegen und deren fauliger Geruch mir in die Nase dringt, wenn ich über sie hinwegsteigen muss, um meine Wohnung zu betreten.

Wohnung! Der Makler hatte die Bude als charmantes Souterrain angepriesen. Das wenige Tageslicht, das seinen Weg in die Räume fand, als ich das *charmante Souterrain* besichtigte, war behilflich gewesen, deren Schäbigkeit zu kaschieren. Leider nur für kurze Zeit. Die Böden sind schief und krumm, die

Tapeten fleckig. Wie oft ich auch putze, immer liegt ein schimmliger Geruch in der Luft. Wenn der mich nicht um den Schlaf bringt, dann der Verkehrslärm, der vierundzwanzig Stunden eines jeden verdammten Tages an meinem Fenster vorbeirauscht.

Nichts, absolut nichts, ist so gekommen, wie ich es mir vorgestellt habe.

Ich hasse diese Wohnung, ich hasse meinen Job, ich hasse New York.

Deutschland 2018

Der Farbton seiner Haare erinnerte sie an den jungen Retriever, der in ihrer Kindheit auf dem Nachbarhof der Eltern gelebt hatte. Honigblond. Für einen Moment betrachtete Caro den schmalen Rücken, dann betrat sie mit einem knappen *Hallo* den Besprechungsraum.

Er stand eilig auf und drehte sich zu ihr um. Sein leicht spöttisch wirkender Mund und das harmlose, fast unschuldige Lächeln bildeten einen seltsamen Kontrast zu den funkelnden Augen.

„Carolina Blumenberg, aber du kannst mich Caro nennen. Wir duzen uns hier alle."

„Hallo, ich bin Benjamin Peters. Am besten einfach Ben", erwiderte er, während er ihr die Hand reichte, die sich trocken und warm anfühlte.

Caro setzte sich ihm gegenüber und schaute kurz in die vor ihr liegende Mappe. „Okay, dann erzähl mal, warum dich die Arbeit in unserer Agentur interessiert."

„Ich bin noch unschlüssig, was ich studieren soll, Eventmanagement wäre eine Option." Er lehnte sich zurück und grinste sie unbekümmert an.

Zu unbekümmert, wie sie fand. „Ist das alles?"

„Wenn ich bei euch ein Praktikum machen könnte, dann wüsste ich hinterher vermutlich mehr." Sein offenes Lächeln relativierte die flapsige Antwort ein wenig. Caro beugte sich vor und sah ihn kühl an. „Du müsstest mir schon einen guten Grund nennen, dir und nicht jemand anderem die Stelle zu geben."

7

Er richtete sich auf, so, als würde ihm gerade erst klar werden, dass es hier um mehr ging als eine Verabredung zum Abendessen. „Also, es ist so, ich habe ein ziemlich gutes Abi hingelegt und ...“

„Das weiß ich“, unterbrach sie ihn, „steht ja in deinem Zeugnis. Aber das ist mir ziemlich egal. Wir suchen nach Leuten, die brennen, die echte Leidenschaft für Musik mitbringen.“ Sie machte eine effektvolle Pause. „Kurz gesagt, wir suchen nicht nach Typen wie dir.“

Eine leichte Röte zog über seinen Hals. „Was? Ich meine, wie meinst du das? Du kennst mich doch gar nicht!“

Sie sah ihm in die Augen. Sie waren von tiefem, sehr dunklem Blau mit einigen grauen Sprenkeln drin. Schöne Augen. Caro lehnte sich zurück. „Dann erzähl mir, wer du bist und warum ich ausgerechnet dir eine Chance geben sollte?“

Er blickte sie verwirrt an und sie wusste, vor ihr saß ein junger Mann, der es gewohnt war, alles zu bekommen, was er sich wünschte. Immer. Fast tat er ihr ein bisschen leid.

Er räusperte sich. „Also, ich steh total auf Musik.“

Sie sah gelangweilt in ihre Unterlagen. Irgendwo klingelte ein Telefon.

„Und ich würde supergern hier in der Agentur mitarbeiten, wirklich. Ich stell mir das total aufregend vor, mit den ganzen Bands und so ...“

„Das solltest du nicht überschätzen. Die meisten Musiker, für die wir arbeiten, bekommen wir gar nicht zu Gesicht.“

„Macht nichts, ehrlich." Wieder dieses unschuldige Lächeln, das seine sehr weißen, ebenmäßigen Zähnen zeigte. Ein Lächeln, das keine Frau kalt lassen würde. Jedenfalls keine unter sechzig. Allein die Tatsache, ihn vier Wochen lang jeden Tag ansehen zu können, wäre ein Argument. Kein sehr professionelles allerdings.

Aber Caro hatte einfach nicht die Zeit, sich länger mit einer Praktikantenbewerbung aufzuhalten. Sie sah ihn an und zuckte mit den Schultern. „Besonders überzeugt hast du mich zwar nicht, aber wir können es ja mal versuchen. Du müsstest allerdings erstens zeitlich sehr flexibel sein und zweitens spätestens zum nächsten Ersten anfangen."

Ein Lächeln machte sich auf seinem Gesicht breit. „Echt? Cool! Ich meine, sehr gerne. Freut mich."

Carolina stand auf und reichte ihm die Hand. „Dann sehen wir uns also am nächsten Ersten um neun Uhr. Brauchst du was Schriftliches? Eine Bestätigung?"

„Nee danke, ich mache es ja nur so."

„Nur so?"

„Ich meine ... also aus Spaß ... ähm, also ich brauche keine Bestätigung."

„Aha, also gut. Ich bringe dich noch zur Tür."

Schweigend gingen sie den schmalen Flur Richtung Ausgangstür, vorbei an Martha, die am Empfang saß und dem jungen Mann einen beifälligen Blick hinterher warf. Caro reichte ihm noch einmal die Hand und weg war er.

Zwei Minuten später hatte sie Benjamin Peters, ihren zukünftigen Praktikanten, komplett vergessen. Sie ging zurück in ihr Büro, schnappte sich das Telefon und wählte eine Nummer in den Staaten. Manche Geschäfte ließen sich noch immer am besten per Telefon erledigen. Sie hörte ihrem Gesprächspartner eine Weile zu, dann begann der Poker. „Die Sache ist doch ganz einfach", sagte sie und hoffte, abgebrühter zu klingen, als sie sich fühlte. „Entweder, wir einigen uns auf Konditionen, mit denen wir beide klar kommen, oder es gibt eben keinen Deal." Unhörbar atmete sie aus, während sie auf die Antwort wartete. Eigentlich war es ein Telefonat, wie sie es mehrmals täglich führte, und eigentlich sollte sie es sportlich nehmen. Aber sie wollte diese Band unbedingt nach Europa holen und war sicher, mit dem Wunsch nicht alleine zu sein. Wenn sie zu hoch gepokert hatte, dann bekäme jetzt ein Konkurrent den Zuschlag. Vermutlich eine der großen Agenturen in London.

„Leg noch fünf Prozent drauf und wir sind im Geschäft, Caro."

Sie musste grinsen, mit zehn hätte sie auch leben können. „Also gut, Mitch, damit ist meine Schmerzgrenze aber erreicht. Keine weiteren Extras, okay? Keine Cateringlisten, die jeden Veranstalter in den Wahnsinn treiben. Keine zusätzlichen Suiten. Und vor allem: Kein Koks und keine Nutten. Jedenfalls nicht auf unsere Kosten."

„Na hör mal", ihr Gesprächspartner klang beleidigt. „Was glaubst du denn? Das sind alles verheiratete Herren."

Herren! Sie musste wieder grinsen. Eine der weltweit wichtigsten Popgruppen, wenn nicht die wichtigste überhaupt, würde nach Europa kommen. Und ihre Agentur hätte die Fäden in der Hand.

Caro war in ziemlich euphorischer Stimmung und hätte es am liebsten gleich durch die ganze Agentur posaunt, was natürlich nicht in Frage kam. Schließlich war sie die Chefin. *The Chief*, wie sie halb spöttisch, halb liebevoll von ihren Kollegen genannt wurde.

Sie würde es jetzt nur John erzählen, ihrem Partner. Die anderen erfuhren es in der nächsten Teamsitzung noch früh genug.

Auf dem Weg in Johns Büro überlegte sie, wer als Tourbegleiter mitfahren könnte. Da kamen nicht sehr viele in Frage. Spontan fielen ihr drei ein. Und wenn die keine Zeit hätten? Dann gab es immer noch Plan B., sie selber würde die Band begleiten. Aber wollte sie sich den Stress wirklich geben? Zwei Wochen im Nightliner durch Europa touren? Mit Popstars, denen alles andere als ein guter Ruf vorauseilte? Sie würde sehen.

Sie klopfte einmal kurz an seine Tür und trat ein. John saß vor seinem Laptop und starrte auf eine Excel Tabelle. Offensichtlich gefiel ihm nicht, was er sah, seine Stirn lag in Falten. Falten, die sie das erste Mal an ihm bemerkte. Ansonsten sah er genauso aus, wie sie ihn am liebsten mochte. Die Haut noch leicht gebräunt von seinem letzten Urlaub, die dunkelbraunen Haare nachlässig nach hinten gestrichen und freundliche grüne Augen, die sie nun fragend ansahen. Er trug eine Jeans, ein verblichenes gelbes Hemd und sehr teure Schuhe, die der lässigen Kleidung ebenso einen seriösen Touch verliehen wie seine Omega-Uhr.

„Die Quartalszahlen gefallen mir überhaupt nicht", sagte er, während sie sich ihm gegenüber an den Schreibtisch setzte.

Caro musste grinsen. „Diesen Satz höre ich viermal im Jahr von dir. Und zwar exakt nach jedem Quartal."

John klappte den Laptop zu und grinste zurück. „Du hast ja recht, ich bin ein richtiger kleiner Schisser geworden. Aber die Gehälter …"

„Vergiss mal für einen Moment die Zahlen, John."

Er stutzte und sah sie an.

Sie strahlte. „Ich hab sie!"

„Wen?", stellte er sich dumm, obwohl er genau wusste, was sie meinte."

„Sie", spielte Caro das Spiel mit.

„Die Band?"

„Die Band!"

John lächelte sie glücklich an, dann stand er auf, umrundete seinen Schreibtisch und nahm sie freundschaftlich in den Arm. „Du bist die Beste, Caro."

Sie küsste seinen Hals. An der Stelle, die sie früher so oft geküsst hatte, und die für einen freundschaftlich gemeinten Kuss eigentlich zu intim war. „Ich weiß, John", flüsterte sie.

***

Tania Peters klopfte an die Tür ihrer Tochter. „Marie, kommst du bitte zum Abendessen."

„Hab keinen Hunger", tönte es durch die verschlossene Tür.

„Dann setz dich jedenfalls zu uns."

„Ich bleibe lieber in meinem Zimmer, Mama."

Tania seufzte. Ihre Kleine war also mal wieder auf Diät. „Nun komm schon, Marie, wir warten alle auf dich." Dann klopfte sie noch einmal auf den Türrahmen und ging zurück nach unten.

Marie wälzte sich vom Bett und schlüpfte in ihre Sneakers. Viel lieber hätte sie einfach weiter auf dem Bett gelegen und gelesen. Aber die gemeinsamen Mahlzeiten waren aus irgendeinem unerklärlichen Grund heilig. Wichtig für das Familienfeeling oder so. Sie suchte nach etwas, das sie als Lesezeichen benutzen konnte, fand ein unbenutztes Tempo, das sie zwischen die Buchseiten klemmte, und legte das Buch auf ihren Schreibtisch. Dann kämmte sie sich kurz ihre langen Haare, wobei sie einen genaueren Blick in den Spiegel vermied, und ging runter zu den anderen.

Sie saßen alle schon am Tisch, der wie immer schön gedeckt war, und warteten auf sie. Ihr Vater sah demonstrativ auf seine Uhr, was sie demonstrativ ignorierte. Ihre Mutter lächelte sie an, während sie sich setzte und Benjamin und Lucas, ihre älteren Brüder, lachten über irgendwas, dass sicher nur sie selber lustig fanden.

Ihr Vater gab jedem einen ordentlichen Schlag Spaghetti auf die Teller.

„Für mich nicht so viel, Papa. Und nur ganz wenig Soße."

Ihr Vater sah sie an. „Du bist doch nicht etwa schon wieder auf Diät, oder?"

Doch, war sie! Heute Morgen hatte sie fast ein Pfund mehr gewogen. 63,5 Kilo! Sie wurde fett und fetter.

Lucas zwinkerte ihr zu. „Sie muss halt schauen, dass der Hintern nicht zu breit wird."

„Vielen Dank auch, du Arsch."

„Nicht in diesem Ton, Marie." Ihre Mutter lächelte ihr zu.

Tania Peters genoss das Abendessen mit der Familie. Diese gemeinsamen Abende wurden mit dem zunehmenden Alter der Kinder immer seltener. „Wie war denn dein Vorstellungsgespräch, Ben?", fragte sie ihren Sohn.

„Gut, hab das Praktikum."

„Das ist super, hoffentlich macht es dir Spaß."

„Das wird cool, Mama. Und - wenn ich mir diese Bemerkung erlauben darf - *super* ist sowas von Neunziger." Er zwinkerte seiner Mutter zu.

„Na ja, ich bin ja auch *sowas von Neunziger*." Tania zwinkerte zurück und tat so, als hätte sie diese kleine, witzig gemeinte Stichelei ihres Sohnes nicht getroffen.

„Wobei wir bei der Frage wären, womit unser anderer Sohn seine Zeit zu verbringen gedenkt?", mischte ihr Mann sich ein.

Lucas sah kurz auf. „Weiß noch nicht."

„Naja, einfach so den Sommer über rumhängen ja wohl nicht, oder?"

„Nun lass ihn doch, Konstantin. Die beiden haben gerade ihr Abi bestanden, da kann man doch mal etwas relaxen." Kaum hatte Tania den Satz ausgesprochen, fragte sie sich, ob *relaxen* wohl auch *sowas von Neunziger* war. Nicht zum ersten Mal hatte sie das Gefühl, dass sie langsam alt wurde. Was absolut lächerlich war mit gerade mal zweiundvierzig. Aber die Zeit verging immer schneller. Waren nicht gerade erst ihre zwei Jungen auf die Welt gekommen? Es wird nicht mehr lange dauern, und sie sind aus dem Haus. Dann macht schon bald Marie ihr Abitur und wer weiß, wohin es sie dann treiben wird. Tania sah ihre Tochter an. Wie sehr sie sich in der letzten Zeit verändert hat, ihr kleines, großes, kluges Mädchen. Manchmal wirkt sie erwachsener als ihre Söhne, die immer noch nur ihren Spaß im Kopf haben. Jedenfalls kam es Tania so vor. Die Zwillinge sind schon als Charmeure auf die Welt gekommen. Die Herzen der Damen, vor allem die der älteren, flogen ihnen nur so zu. Egal, ob beim Bäcker, Metzger oder im Supermarkt, ständig hörte Tania, wie glücklich sie sich schätzen dürfe, zwei so süße Jungen zu haben.

Und sie schätzte sich glücklich, auch wenn ihr das ein paar Monate vorher noch unmöglich erschienen war. Die zwei sahen sich so ähnlich, dass kaum jemand sie auseinander halten konnte. Im Kindergarten behalf man sich damit, ihnen farblich unterschiedliche Schleifen an ihre Shirts zu heften. Natürlich war ihr größter Spaß, die Schleifen heimlich zu tauschen, manchmal mehrmals am Tag. Die Erzieherinnen beschwerten sich zwar bei Tania, aber an deren Lachen merkte sie, wie sehr ihnen die Gewitztheit der zwei in Wirklichkeit gefiel.

Später, in der Schule, verzweifelten die Lehrer, weil sie nie sicher sein konnten, wen sie gerade vor sich hatten. Ihrer Bitte, den Jungs nicht die gleiche Kleidung anzuziehen, kam Tania nie nach. Sie sahen einfach zu niedlich aus, wie sie in ihren identischen Shirts und Jeans Hand in Hand den Schulweg antraten.

Die verblüffende Ähnlichkeit ist bis heute geblieben, nur dass aus ihren Jungs zwei ausgesprochen attraktive Männer geworden sind.

***

Marie Peters lag auf dem Bett und hörte ihrem rumorenden Magen zu. Er klang wie ein hungriger Wolf. 63,5 Kilo, das war neuer Rekord. Sie musste in diesen Ferien unbedingt abnehmen. Drei Kilo mindestens. Besser vier. Sie könnte mit dem Joggen anfangen oder schwimmen gehen. Wenn sie nur nicht so eine faule Socke wäre, verdammt! Während sie über weitere Maßnahmen zur Gewichtsreduzierung nachdachte, klackte etwas an ihr Fenster. Es klang, als würde jemand ein Steinchen werfen. Sie blieb liegen. Klack, ein zweites Steinchen.

Dann leise Rufe: „Marie, mach doch mal das Fenster auf."

Sie öffnete, unten standen Lucas und Benjamin. Beide trugen Jeans, weiße Chucks und helle Hemden, sie sahen sich zum Verwechseln ähnlich.

„Wir gehen ins Cave", meinte Luc.

„Toll. Und was hat das mit mir zu tun?"

„Lust, mitzukommen?"

„Verarschen kann ich mich immer noch alleine." Das Cave war der angesagteste Technoschuppen der Stadt.

„Keine Verarsche, Süße. Mach dich hübsch, wir warten auf dich", meinte Luc und zwinkerte dabei, als würde er eine ganz heiße Frau abschleppen. „Danke fürs Mitleid."

„Ach, komm schon, das wird ein großer Spaß." Marie konnte nicht einschätzen, ob die Brüder sie auf den Arm nehmen wollten, oder ob sie es ernst meinten. „Ich würde doch niemals an den Türstehern vorbei kommen."

„Keine Sorge, Kleine, das regeln wir schon."

Sie überlegte kurz. „Gibt es im Cave was zu essen?"

Luc lachte. „Nee, da gibt es nur Drinks, aber wir könnten auf dem Weg beim Dönermann halt machen."

Das klang verlockend. „Bin in drei Minuten unten, aber nur, wenn ihr mich nicht immer Kleine nennt. Ich bin sechzehn!"

Sie zog sich um, bürstete über ihre Haare - das einzige, was einigermaßen hübsch an ihr war, wie sie fand - und schlich sich leise durch den Flur nach draußen. Aus dem Wohnzimmer hörte sie den Fernseher. Tagesthemen.

„Und, Marie, mit welchem deiner coolen Brüder möchtest du den weiteren Abend verbringen?", fragte Lucas, als sie im Imbiss saßen und auf ihre Bestellung warteten. Ihre Brüder hatten sich nur eine Cola bestellt. Sie Döner mit allem.

„Blöde Frage, mit euch beiden natürlich."

Der Besitzer von *Currywurst und Co.*, wie der Imbiss hieß, reichte ihr den Döner über die Theke und wünschte guten Appetit.

Currywurst und Co., der Mann hatte Humor. In dem Laden gab es alles, nur keine Currywurst.

„Das geht leider nicht, obwohl jetzt gleich einem von uns das wichtigste Organ des menschlichen Körpers brechen wird, muss er doch den weiteren

Abend ohne dich verbringen." Lucas fasste sich theatralisch ans Herz.

„Ach nee, und warum soll das nicht gehen, wenn ich mal fragen darf?" Sie biss in den Döner, während sie zum Auto zurückgingen.

„Im Cave gibt es mehrere Floors, wir gehen immer in verschiedene."

„Warum das denn?"

„Dunkle Geheimnisse, in die wir dich leider nicht einweihen können."

„Wenn ihr vorhabt, mich wie ein Kleinkind zu behandeln, dann könnt ihr mich auch gleich wieder nach Hause bringen."

„Das mit den dunklen Geheimnissen war doch nur ein Witz, wir haben einfach einen unterschiedlichen Musikgeschmack", meinte Ben. „Also sag schon, Luc oder Ben, Ben oder Luc?"

„Seit wann habt ihr denn einen unterschiedlichen Musikgeschmack?"

„Luc oder Ben, Ben oder Luc?", sangen jetzt beide gleichzeitig zu einer Melodie, die ihr irgendwie bekannt vorkam. „Ich gehe da nur mit euch beiden zusammen rein. Basta!"

„Luc oder Ben, Ben oder Luc?"

Es schien ihren Brüdern ernst zu sein.

„Ist mir doch egal, ihr seid ja beide gleich dämlich." Während der Fahrt machten Ben und Luc weiter ihre Scherze, während sie den Döner vertilgte und das schlechte Gewissen groß und größer wurde. Warum hatte sie sich nur nicht beherrschen können.

19

Lucas ließ Benjamin und sie direkt vor dem Cave raus und suchte dann einen Parkplatz.

Vor dem Eingang hatte sich eine lange Schlange gebildet, ihr wurde leicht mulmig. Ihr Bruder schob sie am Eingang vorbei in einen Hinterhof.

„Was machen wir denn auf diesem Hof, wenn ich mal fragen darf?"

„Du wartest hier, ich gehe rein und mache dir das Klofenster auf." Er deutete auf ein Fenster, das ziemlich weit oben war.

„Spinnst du? Ich klettere doch nicht durch ein Klofenster in eine Disco, wie uncool ist das denn?"

„Willst du ins Cave oder willst du nicht?"

Sie wollte. Unbedingt. „Also gut, aber sollen wir nicht auf Lucas warten?"

„Das kann dauern, hier ist es um die Zeit ziemlich schwer, einen Parkplatz zu finden. Wir gehen schon mal rein, warte hier - und keinen Mucks." Benjamin zwinkerte ihr zu und war verschwunden.

Wie, zur Hölle, sollte sie an das Fenster herankommen? In einer Ecke stand eine Mülltonne, sie schob sie unter das Fenster, das müsste gehen.

„Psst, Marie." Benjamin sah durch das offene Fenster. „Beeil dich, schnell."

Sie kletterte auf die Mülltonne, die erheblich wackelte, und stieg durch das offene Fenster mitten hinein in die Herrlichkeit der Caveschen Männertoilette. Es stank. Und zwar erbärmlich.

An einem der Urinale stand ein Typ und pinkelte. Er sah sie verunsichert an, dann legte sich Protest in seinen Blick. „Hey, das ist hier ..."

„Keine Angst, dein Ding fällt dir schon nicht ab, nur weil eine Dame diese heiligen Hallen durchschreitet."

Aufreizend langsam ging sie an ihm vorbei, bis Ben sie lachend aus dem Raum schob.

Das Cave war sehr dunkel, brechend voll und unbeschreiblich laut.

„Hier findet Luc uns nie", schrie sie ihrem Bruder ins Ohr. Der grinste, schob sie Richtung Bar und rief dem Barmann etwas zu. Kurze Zeit später stand ein Getränk vor ihr, dessen Inhalt sie noch nicht mal ahnen konnte. Fragend sah sie Ben an, eine Unterhaltung war angesichts des Lärms völlig ausgeschlossen. Er hob sein Glas und prostete ihr zu. Vorsichtig nippte sie an dem Getränk, das definitiv Alkohol enthielt. Und Kalorien! Wahrscheinlich tausend pro Schluck. Sie beschloss nur sehr wenig davon zu trinken.

Als sich ihre Augen an die Dunkelheit gewöhnt hatten, sah sie zur Tanzfläche, auf der sich ein einziges, großes Knäuel Mensch zur Musik bewegte.

Benjamin sah sie fragend an und nickte in Richtung des tanzenden Knäuels.

Sie hatte nicht vor, Teil dieser schwitzenden Menschenmasse zu werden, und schüttelte den Kopf.

Lachend nahm er ihre Hand und zog sie mit sich. Sie quetschte sich also mit ihm auf die Tanzfläche, fragte sich nicht zum ersten Mal, warum ihre Brüder eigentlich immer machten, was sie wollten, während sie nur mitmachen durfte, und begann sich zu den Technorhythmen zu bewegen.

21

Es dauerte eine Weile, bis sie realisierte, dass sie beobachtet wurden. Dass ziemlich viele sie beobachteten. Ziemlich viele Frauen, um genau zu sein. Und Marie brauchte keiner in die Augen zu sehen, um zu wissen, was sie dachten.

Was, um alles in der Welt, will dieser überaus attraktive Typ mit der fetten Kuh da auf der Tanzfläche?

Das war ihr ganzes Leben so gewesen. Sobald einer ihrer Brüder die Bühne betrat, richteten sich alle Scheinwerfer auf ihn. Und sie stand im Schatten.

Diverse Flirtversuche blieben an diesem Abend jedoch ohne Erfolg, obwohl Marie ihren Bruder gut genug kannte, um zu wissen, dass er sich seiner Wirkung durchaus bewusst war. Aber er schien entschlossen, den Abend ihr zu widmen, das fand sie irgendwie süß. Wenn Luc jetzt auch noch auftauchen würde, dann wäre das der perfekte Abschluss eines Ferientages. Fast!

Wenn sie nur den Döner nicht gegessen hätte. Morgen würde sie vermutlich 70 Kilo wiegen.

Lucas tauchte aber den ganzen Abend nicht auf. Erst als Benjamin ihm eine WhatsApp schickte, es war schon sehr spät, meldete er sich. Sie verabredeten sich am Auto. Im Cave, meinte Ben, würden sie sich nie finden.

An diesem Abend machte Marie sich noch keine Gedanken darüber, was ihre Brüder eigentlich trieben. Ein paar Wochen später wusste sie es.

***

Laura Paulsen bog in die Hindenburgstraße und lenkte ihren Wagen durch das Gedränge der Vergnügungssüchtigen in eine Tiefgarage.

Mit Ende zwanzig fühlte sie sich fast schon etwas zu alt für einen Clubbesuch. Und das lag eindeutig an ihren Freundinnen, von denen die meisten jetzt entweder mit dem Ehemann vor der Glotze saßen oder schreiende Babys durchs Haus trugen. Eine eigene Familie zu gründen hatte Laura bislang nicht gereizt und sie hoffte, der Zustand würde noch eine Weile anhalten.

Ihre Wahl fiel aufs Cave. Die Türsteher winkten sie durch, klar, einzelne Frauen waren erwünscht. Vor allem, wenn sie so aussahen, wie sie. Auf dem Weg zu dem langen Tresen spürte sie die Blicke der Männer auf sich.

Sie bestellte einen Tomatensaft. Sie trank keinen Alkohol, ernährte sich gesund und joggte mindestens dreimal die Woche um den See, was man ihrem schlanken, durchtrainierten Körper ansah.

Manche Männer fanden es spießig, dass sie keinen Alkohol trank. Deshalb wählte sie den Tomatensaft, der als Bloody Mary durchgehen konnte, solange man nicht dran roch.

Die Rückseite der Bar war verspiegelt, eine Batterie Flaschen stand auf Glasböden vor der Spiegelwand. Während sie auf ihr Getränk wartete, sah sie sich den Barmann genauer an. Er war sehr attraktiv.

23

Als sie sich mit ihrem Glas in der Hand wieder zur Tanzfläche drehte, sah sie ihn.

Mit einem geradezu unverschämt selbstbewussten Grinsen sah er ihr direkt in die Augen.

Dieser schöne, fremde, junge Mann.

***

Carolina ging auf die Dachterrasse, in der Linken ein Glas, in der Rechten eine Flasche Wein.

Es war kurz nach acht, normale Feierabendzeit. Sehr warm, fast noch heiß. Sie erwog kurz, schnell unter die Dusche zu springen, war dann aber doch zu faul. Lieber einen ordentlichen Schluck von dem Rotwein, der so hieß wie sie. *Der Blumenberg.* Sie hatte sich noch nie Gedanken über den Namen gemacht. Ob er passend war für einen Wein oder nicht. *Der Blumenberg* war einfach Teil ihrer Geschichte.

Wie so oft, wenn sie alleine war, durchströmte sie ein Gefühl tiefer Zufriedenheit. Sie wusste den Luxus ihrer geräumigen Wohnung mit der fantastischen Dachterrasse jeden Tag aufs Neue zu schätzen. Und es war für sie immer noch nicht selbstverständlich, dass das alles wirklich ihr gehörte. Sie lebte mitten in der Großstadt, trotzdem nicht sehr laut, und mit einem atemberaubenden Blick über die umliegenden Hügel.

Nicht zum ersten Mal fragte sie sich, womit sie das eigentlich verdient hatte. Okay, sie arbeitete viel und hart. Und sehr, sehr erfolgreich.

Dabei war es nicht mehr als eine Schnapsidee gewesen, völlig verrückt, wenn man es genau nimmt. In dem Club in der Weststadt, den es schon lange nicht mehr gab, hatte sie zusammen mit John diese unbekannte, total abgefahrene Independentband aus New York gehört.

Hinterher waren sie mit den Musikern ins Gespräch gekommen und hatten ihnen versprochen, ein paar Gigs für sie klar zu machen. Wie, das war ihnen selber schleierhaft gewesen. Aber es hatte geklappt. Die Musiker waren für fünf Konzerte zurück nach Deutschland gekommen, verdient hatten sie zwar kaum was, aber das schien ihnen damals egal zu sein. Und dann kam der Durchbruch, die Band befand sich plötzlich auf einer Top Chartplatzierung und John und Caro konnten sich rühmen, diese großen Stars für Deutschland entdeckt zu haben.

Das war der Beginn ihrer Agentur gewesen. Anfangs hatten sie von zuhause aus gearbeitet. Wobei der Ausdruck *Arbeit* es eigentlich nicht richtig trifft. Sie hatten aus Spaß ein paar Bands unterstützt - und festgestellt, dass sie das richtig gut konnten.

John hatte noch studiert, Geschichte und Latein. Sie war gerade fertig geworden.

Sie wollten das Leben genießen, das war ihre oberste Maxime. Gemeinsam träumten sie von einer Weltreise, die sie unbedingt machen wollten, gleich nach Johns Studium.

Abends saßen sie bei Wein und Kerzenschein aneinander gekuschelt auf dem alten Sofa vom Sperrmüll, steckten ihre Nasen in den Atlas und planten ihre Route.

Sie würden mit wenig Geld auskommen, viel per Anhalter fahren. Nur sie beide, ihre zwei Rucksäcke und die unendliche Freiheit einer Reise ohne bekanntes Ende. Wer weiß, vielleicht würden sie ein neues zuhause irgendwo auf der Welt finden.

Ihren ganz persönlichen magischen Ort.

Da kamen ihnen die Bands gerade recht, mit denen sie sich ein bisschen was dazuverdienen konnten.

Und dann ging alles ganz schnell, viel zu schnell. Sie hatten Erfolg, verdienten richtig gut. Schon bald konnten sie die Arbeit nicht mehr alleine bewältigen, brauchten Hilfe. Also mieteten sie ein kleines Büro an und stellten eine Aushilfskraft ein. Der einen folgte die nächste und irgendwann war die Dynamik nicht mehr zu bremsen. Sie wurden von ihrem eigenen Erfolg überholt. Stellten mehr Personal ein, zogen in größere Räume. John schmiss sein Studium, sie widmeten sich nur noch der Agentur.

Und verschoben ihre Reise, wie sie sich eine Weile einzureden versuchten.

Sie haben nicht gut genug aufgepasst, ihre Beziehung als so selbstverständlich begriffen, dass sie nicht mal gemerkt haben, wie sie sich voneinander entfernen.

Und dann war es irgendwann zu spät. Zu spät für die Reise und zu spät für die Liebe.

Geblieben ist die Agentur.

Caro schenkte sich ein zweites Glas Wein ein, während es zu Dunkeln begann und die erste kühle Brise über die Terrasse wehte.

Würde sie jemals eine längere Reise machen? Wollte sie das überhaupt noch? Wir haben unsere Chance verpasst, ging es ihr durch den Kopf. Der Alltag hat uns einen verschissenen Strich durch die Rechnung gemacht. John und mir. Wir hätten abhauen sollen, als es noch ging. So wie meine Eltern es getan haben.

27

Die haben es durchgezogen, wir nicht.
Ihre Eltern, damals beide Anfang zwanzig und
schwer verliebt, waren aus Deutschland abgehauen.
Einfach losgezogen, um ihren Lebenstraum nicht
nur zu träumen, sondern wirklich zu leben.
Der Zufall spülte Jana und Klaus auf ein runterge-
kommenes Weingut in die Toskana. Sie pachteten
das karge Stück Nichts und begannen zu ackern.
Mit einer Menge Enthusiasmus und Nullkommanull
Ahnung vom Weinbau.
Die ersten Jahre waren hart aber trotzdem glücklich,
schließlich hatten sie sich. Und Paolo, einen Nachbarn und Weinbauern mit gebücktem Gang, der sie
unter seine Fittiche nahm.
Paolo war steinalt. Also über fünfzig.
„Der ist mit Methusalem zur Schule gegangen", wit-
zelte Klaus manchmal.
Sie verkauften ihren ersten Wein an die Einheimi-
schen, die ihn höflich lobten und so manches Glas
mit ihnen tranken. In dem mit alten Steintöpfen und
angeschlagenen Keramiken hübsch hergerichteten
Innenhof des Weingutes, der im Sommer von Thy-
mianduft erfüllt war.
Die Einheimischen schätzten vor allem den Preis
des Weines, weil es nirgendwo einen billigeren gab.
Aber gleichermaßen die jugendliche Frische und
Fröhlichkeit der zwei jungen Leute.
Schon damals hieß der Wein *Der Blumenberg*.
Vielleicht wäre das Leben ihrer Eltern für immer
karg und entbehrungsreich geblieben. Vielleicht hätten sie irgendwann aufgegeben.

Diesem Schicksal entgingen sie, als es eines Tages energisch an ihrer Tür klopfte. Klaus machte auf. Ein seltsamer Herr im Anzug stellte sich als Harry Hägele aus dem Badischen vor.

Der war Winzer und hatte den Plan, neben seinen eigenen Weinen auch noch einen italienischen in seinem Hofladen anzubieten. Er war schon mehrere Wochen unterwegs auf der Suche nach möglichen Partnern, und hatte von dem Experiment der zwei *tedeschi pazzi* gehört.

Jana und Klaus boten dem Herrn im Anzug, den sie hartnäckig duzten, während er sie ebenso hartnäckig siezte, einen Platz im Hof an, holten Wein, Schafskäse, Oliven und Brot und schenkten kräftig ein. Der Herr im Anzug nahm einen vorsichtigen Schluck Wein, den er fachmännisch im Mund hin und her rollte - ziemlich affig, wie Klaus fand -, schluckte runter und sah in den Himmel.

Dann brach er in schallendes Gelächter aus. „Was soll das denn sein?", fragte er lachend und hielt sich seinen Bauch. „Wein etwa? Wer hat den denn verbrochen?"

Die zwei jungen Leute sahen erst ihn und dann sich an und zuckten mit den Schultern.

Ihnen doch egal, was der seltsame Mann von ihrem Wein hielt. Den Einheimischen schien er zu schmecken und allein das zählte.

Aber da hatten sie die Rechnung ohne den Wirt gemacht, wie man so schön sagt. Denn jetzt hatte Herr Hägele eine Mission.

Er höchstpersönlich würde diese zwei *Greenhorns* den Weinbau lehren!

Er blieb für vierzehn Tage. Eine kleine Kammer oberhalb der Scheune wurde sein zuhause.

Er stand mit den Vögeln auf und ging mit ihnen schlafen, dazwischen redete er ohne Punkt und Komma. Von Rebsorten und Bodenbeschaffenheit, von Öchsle - einem Begriff, den Jana und Klaus noch nie zuvor gehört hatten und sehr ulkig fanden -, und von so manchen anderen önologischen Begriffen.

Und so sehr er den jungen Leuten auch auf die Nerven ging, was er ihnen vermittelte, war der Grundstock eines soliden Weingutes, das heute so viel produziert, dass die halbe Toskana und ein einzelner Winzer im Badischen reichlich beliefert werden kann.

Zwei Jahre, nachdem Herr Hägele das Blumenberg-Weingut verlassen hatte, wurde Carolina geboren.

Jana und Klaus, noch immer jede Art von Establishment zutiefst verabscheuend, liebten sie abgöttisch.

Natürlich völlig anders als die normalen Spießer ihre Kinder lieben. Alternativ eben.

Carolina wuchs zu einem selbstbewussten Mädchen heran, das sich mit den toskanischen Jungen balgte, mit ihnen auf Bäume kletterte, die Wiesen hinab rannte und um die Wette durch den Fluss schwamm.

Mit ungefähr vierzehn änderte sich das Verhalten der Jungs erheblich. Carolina war ein ausgesprochen hübsches Mädchen und die Jungen zunehmend unsicher im Umgang mit ihr.

30

Zwei Jahre später wickelte sie mit ihrem natürlichen Charme und ihrer überbordenden guten Laune alle männlichen Wesen zwischen zwölf und achtzig um den Finger.

Mit achtzehn machte sie Abitur, studierte mehr oder weniger unmotiviert ein bisschen Philosophie und Geschichte und entschied sich mit dreiundzwanzig, in *das Land ihrer Väter* zu ziehen.

Einem Ausdruck, mit dem sie ihre Eltern, vor allem die Mutter, in die Verzweiflung trieb.

Beim dritten Glas Wein dachte Caro an den Vormittag zurück.

Sie hatte demonstrativ auf ihre Uhr gesehen, während er lockeren Schrittes herein gekommen war. Benjamin Peters, der die nächsten vier Wochen ihr Praktikant sein würde. Es war zehn nach neun, er also zehn Minuten zu spät. Kein gutes Zeichen für den ersten Arbeitstag.

„Hallo Benjamin, herzlich willkommen", hatte sie ihn begrüßt.

„Einfach Ben."

„Also gut, Ben. Dann stelle ich dich jetzt den anderen vor und danach geht es an die Arbeit. Wir haben jede Menge zu tun."

Sie hatte sein strahlendes Aussehen komplett vergessen, sich die letzten Tage nur auf eine weitere Arbeitskraft gefreut, die sie dringend brauchen konnten. Die Planungen für den Herbst liefen auf Hochtouren. Und dann war da noch das Festival.

Jetzt traf sie sein unbekümmertes Lächeln wie ein Schlag. Tief in die Magengrube. Nur warum? Sie wusste es selber nicht.

Caro machte Ben mit der kompletten Mannschaft bekannt. Sie begann mit Martha, der guten Seele der Agentur und Empfangschefin, wie sie gerne genannt wurde. Martha war von Anfang an dabei und passte eigentlich nicht so ganz zu der ansonsten recht hippen Belegschaft. Sie war klein und rund und trug immer etwas *Gemütliches*, wie sie das nannte. Heute eine Jeans, der in den letzten Jahren jegliche Form abhandengekommen war, wenn sie denn überhaupt je eine Form gehabt hatte. Dazu ein verblichenes Shirt, das top zur Jeans passte und Crocs, die einen farblich gewagten Kontrast zum Rest bildeten. Sie war ungeschminkt und hatte Haare. Frisur konnte man dazu beim besten Willen nicht sagen. Mit ihrem gutmütigen Lachen und dem unbedingten Willen, jedem in der Agentur so viel Arbeit abzunehmen, wie nur irgend möglich, hatte sie sich in den Jahren unentbehrlich gemacht. Auch wenn Caro sich gerade mal wieder sagte, dass Marthas Äußeres eigentlich inakzeptabel war für die Frau am Empfang.

Anschließend gingen sie in das Büro von Roberta, der Pressefrau der Agentur. Caro wusste, dass Roberta nicht ohne Wirkung auf Ben bleiben würde. Sie war feingliedrig, schmal und groß, hatte kaffeebraune Haut, blitzweiße Zähne und auffallend schöne Augen. Es gab keinen Mann, dem nicht kurz die Luft wegblieb, wenn er Roberta zum ersten Mal sah.

Ben gab ihr die Hand und blinzelte ihr dabei zu. Das gefiel Caro absolut nicht. Dieser Bursche nahm das Leben ein bisschen zu lässig, fand sie. Er scherzte mit Roberta rum, als würden sie sich schon ewig kennen, als Marcel den Raum betrat.

Marcel war noch recht neu und in erster Linie für die Reisekoordination zuständig. Caro machte auch die zwei bekannt und ging dann mit Ben zu Clarissa, zuständig für Merchandising, Hotelbuchungen und diverse kleinere und größere Wünsche der Künstler.

Clarissa war das Küken der Agentur, gerade mal zwanzig Jahre alt. Blonde, lange Haare, ein freundliches, vielleicht etwas nichtssagendes Gesicht und glühend vor Ehrgeiz. Ben gab ihr brav die Hand, war aber wesentlich weniger enthusiastisch als noch vor einigen Minuten. Vor dem Büro von John zögerte sie einen Moment. Er konnte es absolut nicht leiden, wenn man ihn bei einem Telefonat störte.

Aber es war alles ruhig, also klopfte sie kurz und machte John mit Ben bekannt. Während die zwei ein paar Worte wechselten, musterte Caro ihren neuen Praktikanten.

Er hatte Ähnlichkeit mit John. Dem John von damals. Oder bildete sie sich das nur ein?

John reagierte nicht auf die fröhliche Art von Ben, im Gegenteil, er wirkte distanziert wie selten. Fast ablehnend.

Das ist doch völliger Blödsinn, schüttelte sie ihren Eindruck ab und gab sich einen Ruck. „Okay, Ben, dann wollen wir mal."

Sie hatten für ihn einen kleinen Schreibtisch in Clarissas Büro frei geräumt, den sie ihm nun zeigte.

„Hier kannst du dich einrichten. Am besten schaust du dir mal in Ruhe die Tourpläne für den Herbst an, danach können wir besprechen, womit du uns unterstützen kannst. Mein Büro ist gleich nebenan, wenn du die Pläne gelesen hast, komm einfach rein, dann sehen wir weiter."

In ihrem Büro setzte Caro sich an den Schreibtisch und öffnete den Mailordner. Dreiundfünfzig neue Mails. Toller Wochenstart! Sie checkte kurz die Absender. Natürlich war fast alles wichtig.

Dann ging sie sich einen Kaffee holen. Letztes Jahr hatten sie eine sündhaft teure Kaffeemaschine für die Agentur gekauft, seitdem war ihr Konsum erheblich in die Höhe geschnellt. Vor dem ersten Kaffee las sie weder Mails noch beantwortete sie Telefonate, eine ihrer Prinzipien. Damit fuhr sie seit Jahren sehr gut. Benjamin Peters, ihr neuer Praktikant, ging ihr nicht aus dem Kopf. Sie war genervt von ihm, obwohl er gerade mal eine halbe Stunde da war. Warum war sie genervt? Weil er gute Laune verbreitete? Sie wusste es einfach nicht. Er war nett, er war fröhlich. Und er machte nur ein Praktikum. Aber ihm fehlte jegliche Ernsthaftigkeit, das war ihr gleich in den ersten Minuten klar gewesen.

Ernsthaftigkeit! Caro fröstelte.

War sie in den letzten Jahren ernsthaft geworden? Sie, die ihr Studium kein bisschen ernst genommen hatte, die durchs Leben tanzen wollte?

Sie, die unbekümmerte, lustige, lebensfrohe Caro? *Erwachsen werden können wir später*, war ihr Leitspruch gewesen. Wann genau hatte sie den eigentlich in den Müll geworfen? War sie gar neidisch auf Ben? Auf seine jugendliche Unbekümmertheit?

Caro schüttelte den Gedanken ab und begann ihre Mails zu lesen.

Nach der dritten Tasse Kaffee klopfte Ben an ihre Tür, sie hatte die wichtigsten Mails bereits beantwortet.

„Hast du jetzt etwas Zeit?", er sah sie fragend an.

„Klar, komm rein und setz dich." Er setzte sich ihr gegenüber und legte die Tourpläne vor sich hin. Dann grinste er. „Da habt ihr ja ganz schön fette Bands am Start, Kompliment."

„Vielen Dank. Das ist aber auch mit sehr viel Arbeit verbunden und dabei können wir deine Hilfe gut gebrauchen." „Deshalb bin ich hier." Er lächelte sie an. Irgendwas in ihrem Magen fühlte sich komisch an. Es war ein unbestimmtes Gefühl, das sie nicht einzuordnen wusste. Sie wusste nicht mal, ob es angenehm oder unangenehm war.

„Heute Nachmittag ist der Manager von Stupid Prada hier." Wollte sie angeben, oder warum erwähnte sie das?

Ben pfiff durch die Zähne. „Stupid Prada?"

„Ja, wir buchen die Herbsttour für Europa. Zehn Gigs insgesamt, nur Großstädte, versteht sich. Das wird sicher kein Spaziergang, die Herren sind berüchtigt für ihre Exzentrik."

„Davon hab ich gehört. Viel Alkohol, viel Party, viele Frauen."

„Das sagst du dem Manager lieber nicht. Für den sind das seriöse, verheiratete Herren." Sie lächelte, er lächelte zurück. Wieder dieses unbestimmte Gefühl im Magen. Irgendwas löste dieser junge Bursche in ihr aus. Nur was?

„Schon klar, ich setze mich dazu und halte schön meinen Mund."

Sie zog eine Augenbraue hoch.

„Ähm, ich meine, natürlich nur, wenn es okay ist, dass ich dabei bin?"

Sie würde das Gespräch zusammen mit John führen und war sich nicht sicher, ob der einen Praktikanten dabei haben wollte. Eigentlich war sie sich sogar sicher, dass er keinen Praktikanten dabei haben wollte. Schon gar keinen, der gerade erst einen Tag da ist.

„Okay, aber ich will das ganze Gespräch über keinen Ton von dir hören."

„Ich schweige, versprochen. Kann ich sehr gut." Er zwinkerte ihr zu.

Das Gespräch war sehr gut verlaufen, über die Rahmenbedingungen waren sie sich schneller einig gewesen, als John und sie gehofft hatten, und Ben hatte sein Versprechen gehalten und geschwiegen.

„Komm bitte noch kurz mit in mein Büro, Caro", sagte John und marschierte los, ohne eine Antwort abzuwarten. Sie kannte ihn gut genug, um zu wissen, dass etwas in der Luft lag.

„Was ist, du machst einen sauren Eindruck, das Gespräch ist doch super gelaufen, oder?" Sie setzte sich auf die Kante seines Schreibtisches und ließ ihre schlanken Beine baumeln.

„Das Gespräch ist ganz okay gelaufen, ja. Aber was um alles in der Welt fällt dir ein, dieses junge Bürschchen mit an den Tisch zu setzen?" „Nun mach mal nicht so dicke Backen, John. *Dieses junge Bürschchen* wollte das gerne und ich hab da kein Problem gesehen, er hat doch keinen Ton gesagt."

„Und was glaubst du bitte, wie das auf diesen aufgeblasenen Mitch Soundso wirken muss, wenn da so ein stummer Mithörer dabei sitzt?"

Sie musste grinsen. „Und was ist wirklich dein Problem?"

„Das Problem liegt auf der Hand, Caro." Sie sah ihn fragend an. „Der Typ passt nicht hierher und ich bin ziemlich verwundert, dass Du ihm die Praktikumsstelle gegeben hast." „Es ist nur ein Praktikum, John. Und ich finde es nicht fair, dass Du über ihn urteilst, obwohl du ihn gerade erst kennengelernt hast. Was genau stört dich denn so?" „Der ist mir einfach zu gut gelaunt." *Zu gut gelaunt*! Wie konnte man zu gut gelaunt sein?

Sie sah John an, ihr fiel eine kleine Falte zwischen seinen Augen auf, die gestern noch nicht da war. Oder vorgestern. Oder letztes Jahr.

Wo war nur die Leichtigkeit geblieben, die sie beide so sehr verbunden hatte. Der Spaß, den die Agentur gemacht hatte, als sie alles noch nicht so ernst genommen haben? Als Scheitern auch immer eine Option gewesen war. Und zwar eine, die ihnen keine schlaflosen Nächte bereitet hatte. Caro schob den

37

Gedanken beiseite und sah John in die Augen. „Wir geben diesem Ben eine Chance, okay? Und wenn er sich nicht bewährt, dann fliegt er."

John zuckte mit den Schultern. „Also gut."

Caro konnte sich nicht erklären, warum John sich so über einen Praktikanten ärgerte, den er gerade mal ein paar Stunden kannte.

***

Auf dem Weg nach Hause war Laura bester Laune, es war halb vier und begann schon hell zu werden. Sie meinte, ein paar Vögel zwitschern zu hören, was unmöglich sein konnte bei der Lautstärke ihrer Anlage.

Die aufgehende Sonne blendete, sie angelte sich eine Sonnenbrille aus der Ablage.

Sie würde sich richtig ausschlafen, dann lange frühstücken, einen Spaziergang machen, mit der Freundin telefonieren, vielleicht mit den Eltern und sich anschließend auf die neue Woche vorbereiten.

Nach dem Mathematikstudium war ihr ein recht anspruchsvoller Job in einer Bank angeboten worden, den sie nicht ablehnen konnte. Sie stieg schneller auf, als ihr lieb war und fand sich plötzlich als Leiterin der Investmentabteilung wieder, was ihr viel Geld aber zu wenig Spaß einbrachte.

„Wollen wir tanzen?", hatte er gefragt, und sie war ihm wortlos auf die Tanzfläche gefolgt. Sie hatte ein bisschen mit ihm geflirtet, etwas mit ihm getrunken und sich anhimmeln lassen - und anhimmeln konnte er richtig gut. Laura wusste natürlich, dass nichts davon ernst zu nehmen war. Er war wesentlich jünger als sie, vielleicht genoss sie es deshalb umso mehr.

Irgendwann sah sie auf ihre Uhr. „Ich glaube, ich muss so langsam ins Bett."

Er grinste sie frech an. „Da hätte ich eine Idee."

„Kann ich mir denken, aber ich nehme keine kleinen Jungs mit nach Hause. Aus Prinzip!"

„Prinzipien sind dazu da, sie zu brechen."

„Nie!"

„Doch!" Er legte seine Hand in ihren Nacken und küsste ihre Nasenspitze. Mehr war bisher zwischen ihnen nicht passiert.

„Niemals!"

„Darf ich dich dann jedenfalls noch bis zu deinem Auto bringen?"

„Mit der Betonung auf *bis zum Auto!*"

Er lächelte ein unschuldiges Lächeln. „Selbstverständlich."

Sie gingen schweigend nebeneinander her zum Parkhaus. Auf den Straßen war es jetzt ruhig. Sie kannte nicht mal seinen Namen. Warum ließ sie sich von ihm zum Auto bringen? Er war eindeutig viel zu jung für sie.

Als sie an ihrem Auto angelangt waren, pfiff er anerkennend durch die Zähne. „Toller Wagen!"

„Danke."

„Zu schade, um alleine damit zu fahren."

Sie lachte. „Netter Versuch. Aber hier sagen wir beiden uns auf Wiedersehen."

„Also gut, ich gebe auf, aber deine Handynummer gibst du mir, oder?" Wieder dieses Lächeln, eine Mischung aus Unschuld und durch nichts zu erschütterndem Selbstbewusstsein.

„Meine Nummer ist sehr, sehr geheim, die bekommt nicht einmal der Papst." Sie lächelte ihn an. „Der Papst braucht deine Nummer auch nicht. Aber mich willst du doch nicht zu einem unglücklichen Menschen machen, oder?" Er legte seine Hand in ihren Nacken und sah in ihre Augen, dann küsste er sie.

Sie ließ es geschehen, während alles in ihr *Stopp* rief. Und zwar ein fettes, rotes, blinkendes *Stopp*!

Nachdem sie wieder zu Atem gekommen war, stieg sie ins Auto, ließ den Motor an und das Fenster runter.

„Du könntest mir deinen Namen verraten, schöner Fremder."

„Du könntest mir deine Nummer geben, schöne Fremde."

„Gib mir deine Hand."

Er streckte seine Hand durch das Fenster und sie schrieb ihm schnell ihre Nummer mit einem Kuli auf die Handfläche.

Was für ein lächerliches Klischee! Aber egal, er würde sie sowieso nicht anrufen. Es war nur ein Spiel, mehr nicht.

Grinsend sah er auf seine Handfläche. „Ich ruf dich an, schöne Fremde."

Sie grinste zurück. „Dein Name, Fremder!"

Er machte eine ironische Verbeugung. „Lucas."

„Auf Wiedersehen, Lucas."

Dann gab sie Gas.

Auf Nimmerwiedersehen, Lucas!

***

63,5 Kilo. Jedenfalls nicht zugenommen. Marie stieg von der Waage, zog sich Jeans und Shirt an und ging in den Flur.

„Das war eine echt heiße Frau, Ben." Lucas Zimmertür war nur angelehnt. Sie blieb stehen und lauschte, auch wenn ihr dabei ziemlich unwohl war. Sie wollte ihre Brüder eigentlich nicht belauschen, aber etwas in ihr wollte es eben doch.

„Und, siehst du sie wieder?"

„Klar, was denkst du denn? Ich hab ihre Nummer."

„Wann?"

„Frauen muss man etwas warten lassen."

Marie konnte sich das Grinsen im Gesicht ihres Bruders Lucas vorstellen.

„Wenn sie glaubt, ich melde mich nicht mehr, rufe ich an. Das klappt immer."

In Maries Bauch zog sich etwas zusammen, ihr gefiel nicht, wie Luc über Frauen redete. Ganz und gar nicht. Sie hörte Ben lachen. „Du und deine Kalenderweisheiten, Luc."

„Und dann würfeln wir, Ben."

Was zur Hölle meint Luc denn damit? Wieder lachte Ben, Marie kannte ihn gut genug, um zu spüren, dass er sich nicht ganz wohl fühlte.

„Meinst du nicht, dass wir damit so langsam mal aufhören sollten, Luc? Das ist doch infantil."

„Infantil? Das ist der Kick! Damit hören wir ganz sicher nicht auf!"

„Ich weiß nicht, Luc. Das ist einfach unfair. Die Frauen wissen von nichts "

Marie stand im Flur wie festgewachsen. Es brauchte eine ganze Weile, bis ihr die Tragweite des gerade Gehörten komplett bewusst wurde. Am liebsten wäre sie in Lucas Zimmer gestürmt und hätte ihre Brüder zur Rede gestellt. Aber dann überlegte sie es sich anders und ging runter in die Küche, um sich ein Brot zu machen. Jetzt brauchte sie unbedingt was zu essen.

Ihre Mutter saß am Küchentisch und las in einer Illustrierten.

„Hallo Mama."

„Hallo meine Kleine."

„Nenn mich nicht immer Kleine, Mama!"

„Okay, okay. Gut geschlafen?"

„Hm."

„Was hast du heute vor, Marie?"

„Weiß noch nicht." Sie musste unbedingt über ihre Brüder nachdenken.

„Es ist tolles Wetter, fahr doch ein bisschen mit dem Rad rum."

„Du findest mich zu fett!"

„Quatsch, wie kommst du denn darauf?"

„Weil du mich zum Radfahren zwingen willst."

Ihre Mutter lachte. „Marie! Ich will dich zu gar nichts zwingen. Ich habe lediglich darauf hingewiesen, dass schönes Wetter ist. Das ist alles."

„Du findest mich zu fett!"

Ihre Mutter seufzte. „Was machen denn deine Brüder?"

Verarschen Frauen!

„Woher soll ich das wissen?"

„Wir könnten zusammen baden fahren, ins Freibad." „Jetzt soll ich also auch noch schwimmen!"

„Marie, ich bitte dich. Ich wollte lediglich einen Vorschlag machen. Es ist schließlich Sonntag und wir könnten doch mal wieder was zusammen unternehmen. Von mir aus auch in den Zoo gehen, oder so." Marie biss in ihr Brot, das sie sich dick mit Nutella bestrichen hatte. „Wo ist Papa eigentlich?"

„Der musste noch mal kurz ins Büro. Und kurz heißt ja bekanntlich Stunden." Ihre Mutter sah sie an. „Also, was meinst du, sollen wir Ben und Luc zu einem Zoobesuch überreden?"

„Die beiden werden begeistert sein, Mama." Marie schnappte sich einen Löffel und das Nutella Glas, ging zurück in ihr Zimmer, schmiss sich aufs Bett und überlegte. Ihre Mutter wollte in den Zoo gehen und ihre Brüder haben sich gerade als Arschlöcher erster Güte entpuppt.

Da half nur noch Nutella!

***

Die Kinder brauchen mich nicht mehr! Diese Erkenntnis traf Tania Peters wie ein Axthieb. Schweiß trat ihr auf die Stirn. Wie albern von ihr, einen gemeinsamen Zoobesuch auch nur in Betracht zu ziehen. Ihre Kinder waren erwachsen, jedenfalls fast. Sie gingen ihre eigenen Wege. Und sie saß in der Küche rum und rührte in der Kaffeetasse. Womit sollte sie den Sonntag ausfüllen? Lesen? Musik hören? Eine Radtour machen? Mit Konstantin brauchte sie nicht vor dem Abendessen zu rechnen, soviel war klar.

Womit sollte sie ihr verdammtes restliches Leben ausfüllen? Wenn die Kinder wirklich aus dem Haus waren.

Ihr wurde heiß. Dabei war die Küche klimatisiert, genau wie der Rest des Hauses.

Wieso hatte Konstantin in letzter Zeit so viel mehr Arbeit als sonst? Warum musste er sogar an den Sonntagen noch mal *kurz ins Büro*?

Ihr wurde noch heißer. Innerhalb von Minuten war sie klatschnass geschwitzt und ihr war übel. Speiübel. Am liebsten hätte sie sich sämtliche Kleider vom Körper gerissen. Das Thermometer auf der Anrichte zeigte 21 Grad. Wie immer.

Panisch stürmte sie auf die Terrasse und sog die frische Luft in ihre Lungen. Ruhig atmen! Ganz ruhig atmen!

Die Hitze ließ etwas nach, ihr Herzschlag wurde wieder ruhiger, langsam legte sich die Panik.

Tania strich sich über die feuchte Stirn, ihre Haare klebten im Nacken.

Das ist doch komplett absurd, dachte sie und ging ins Schlafzimmer, um sich frische Kleidung anzuziehen. Nachdem sie sich vollständig umgezogen und ihre Haare trocken geföhnt hatte, ging es ihr wieder gut. So, als ob nichts geschehen wäre. Merkwürdig, wirklich merkwürdig. Sie setzte sich zurück an den Küchentisch und trank einen Schluck vom Kaffee, der nur noch lauwarm war. Nachdem sie einen frischen gemacht hatte, stellte sie sich erneut die Frage nach ihrer ganz persönlichen Zukunft. Womit würde sie sich beschäftigen, wenn die Kinder tatsächlich aus dem Haus wären?

An ihre *berufliche Karriere* anzuknüpfen, war vollkommen ausgeschlossen. Sie hatte auf Wunsch ihres Vaters ein paar Semester Medizin studiert, mehr schlecht als recht. Es hatte ihr keinen Spaß gemacht, sie war, das musste sie zugeben, nie sehr ehrgeizig gewesen und der Umgang mit Blut und Krankheit war nicht das, was sie sich für ihre Zukunft vorstellte. Um das Studium zu finanzieren hatte sie nebenher gemodelt und als Hostess auf Messen gearbeitet. Das konnte sie jetzt, mit über Vierzig, auch knicken. Obwohl die Geburt von drei Kindern keine merklichen Spuren hinterlassen hatte, war sie fast zwanzig Jahre älter als damals.

Und was war eigentlich mit Konstantin? Brauchte der sie noch? Liebte er sie überhaupt noch? Oder war die Liebe schon längst einer bequemen Gleichgültigkeit gewichen. Wie so oft in letzter Zeit, musste

Tania an den letzten Sommer denken, ihren Urlaub. Sie waren zusammen in ihrem kleinen Häuschen im Süden Frankreichs gewesen. Die Stimmung war weitestgehend stressfrei, wenn bei drei Jugendlichen von Stressfreiheit überhaupt die Rede sein konnte.

„Was wollen wir heute unternehmen?", hatte Tania eines Morgens beim Frühstück gefragt und in die Runde geblickt.

Marie, ein ausgesprochener Morgenmuffel, rührte in ihrem Tee und sagte kein Wort. Konstantin las Zeitung und tat so, als hätte niemand etwas gesagt. Das fing ja gut an! Tania sah zu ihren Söhnen.

„Mal sehen, Mama." Lucas zwinkerte ihr zu.

Nach dem Frühstück ging ihr Mann mit seiner Zeitung auf die Terrasse, Marie wieder in ihr Zimmer und Ben und Luc schnappten sich ihre Räder und flitzten davon. Nachdem sie die Küche aufgeräumt hatte, setzte sie sich mit dem letzten Rest Kaffee zu Konstantin auf die Terrasse, er sah nicht mal auf.

Aus Maries offenem Fenster erschallte leise Musik, vermutlich lag sie auf dem Bett und las. Das Wetter war einfach perfekt.

„Wir könnten nach Nizza fahren, sobald Ben und Luc wieder auftauchen, was meinst du?"

„Hm."

„Konstantin!" Immerhin legte er die Zeitung zur Seite und sah sie an.

„Warum musst du immer alles so generalstabsmäßig durchplanen, Tania? Lass uns doch einfach mal in den Tag hineinleben."

Sie sah zu ihm und zuckte mit den Schultern, er widmete sich wieder seiner Zeitung.

In den Tag hineinleben, das machte sie, seit die Kinder in die Schule gingen. Tania wusste, dass sie ungerecht war, Konstantin hatte einen harten Job, bei dem es keine einzige Minute Stillstand gab, sie sollte ihm die Ferien wirklich gönnen. „Hallo, wollen wir an den Strand?" Luc kam auf dem Rad den Gartenweg entlang gefahren, während Ben neben ihm her joggte. Ihre Söhne waren ziemlich sportlich, spielten Basketball und - natürlich - Fußball.

„Gute Idee", Konstantin legte seine Zeitung zur Seite.

Ach nee, und wenn ich einen Vorschlag mache, dann ist das generalstabsmäßig?

Tania verkniff sich eine spitze Bemerkung und rief nach Marie, die ihren Kopf aus dem Fenster streckte. Sie sah so süß aus in dem Fenster, eingerahmt von weißem Jasmin.

„Wir gehen an den Strand, kommst du mit?"

„Okay, bin gleich unten."

Zehn Minuten später lag Tania auf einer Decke und schaute aufs Meer. Ein paar Segelboote dümpelten auf dem Wasser, an Bord vermutlich reiche Pensionäre, die hier ihren Sommer verbrachten. Luc und Ben hatten sich auf einen nahen Felsen gesetzt und sahen drei Mädchen nach, die mit aufreizend kleinen Bikinis am Strand entlang gingen. Tania drehte sich auf den Bauch, zwei Minuten später war sie eingeschlafen. Etwas kaltes, sehr glitschiges landete auf ihrem Rücken. Es fühlte sich an wie ein Fötus, das jemand erst zum Kühlen in ein Eisfach und dann auf ihren Rücken gelegt hat. Erschrocken sprang sie auf und hörte das helle Kichern ihrer Tochter. „Spinnst du! Du hast mich zu Tode erschreckt!" Tania sah auf das glibberige Ding, das von ihrem Rücken gerutscht war, ein Tintenfisch. Sie schüttelte sich vor Ekel. „Pfui, wie konntest du das tun?"

Marie sah sie erschrocken an. „Aber Mama, wir wollten doch nur einen Spaß machen."

Tania sah zu ihrem Mann. „Das war deine Idee, oder?"

Er grinste schief. „Ganz ruhig, Tania, es war nur ein Scherz."

„Das war ein verdammt beschissener Scherz!" Sie war so laut geworden, dass die Leute zu ihnen rüber schauten. Sollten sie doch.

„Mama, entschuldige, wir wussten doch nicht, dass dich das so aufregen würde." Ihre Tochter war den Tränen nahe, sie auch.

„Du wusstest es nicht, meine Kleine, dein Vater wusste es aber ganz sicher." Sie funkelte ihren Mann böse an.

„Nun mach nicht mehr draus als es ist, Tania", brummte er und schnappte sich den Tintenfisch, „ich bringe den Burschen mal zurück ins Meer."

Nach dem Vorfall hatte sie sich mehr als einmal gefragt, warum ihr Mann das getan hatte. Wo er doch wusste, wie sehr sie sich vor diesem glitschigen Getier ekelte. Wie stand Konstantin eigentlich zu ihr? Sie musste sich eingestehen, darauf keine Antwort zu wissen.

***

Caro war sich sicher, dass sie die einzige Frau in der ganzen Agentur war, deren Knie nicht weich wurden, wenn Benjamin den Raum betrat. Er schäkerte auf eine völlig unbekümmerte Art mit allen, selbst mit ihr. Ihre Abneigung gegen seine kindische Flirterei schien er nicht mal zu bemerken.

An der zunehmenden Gereiztheit von John erkannte sie, wie sehr ihm dieser lockere, junge Mann gegen den Strich ging. Dabei war es kaum sechs Jahre her, da war John selber so jung und unbekümmert gewesen. Genau wie sie. War das der Grund, warum sie von Ben genervt war? Wollte sie sich wieder jung fühlen? Unbekümmert in den Tag hinein leben, wie sie es als Studentin getan hatte. Seminare schwänzen, weil das Wetter ideal für eine Bootstour war, nachts durch die Clubs ziehen? Sie schüttelte den Gedanken ab. Das war völliger Quatsch, schließlich war sie noch nicht mal dreißig. Total jung also. Nur eben mit etwas mehr Verantwortung als in früheren Jahren. Verantwortung für ihre Mitarbeiter und für ein Budget, das in die Millionen ging. So was blieb nicht ohne Spuren. Wie jeden Donnerstag war um elf Uhr Teamsitzung. Caro machte sich auf den Weg in den Besprechungsraum. Um zwei Minuten vor elf waren alle da. Alle, außer ihrem Praktikanten. John sah erst auf die Uhr, dann auf die Tagesordnung. „Also, Leute, oberste Priorität der heutigen Besprechung ist die …"

Die Tür flog auf, Benjamin kam rein und setzte sich mit einem strahlenden *Hallo zusammen* hin.

Caro hatte ihn an diesem Morgen noch nicht gesehen, sie war nicht mal sicher, ob er nicht gerade erst in die Agentur kam.

Sie musste sich eingestehen, dass er überwältigend aussah in der verwaschenen Jeans und dem knallgelben Shirt, das so gut zu der braunen Haut und den hellen Haaren passte.

John sah noch einmal demonstrativ auf die Uhr und schnaubte. „Pünktlichkeit müssen wir wohl erst noch lernen?" Er schaute zu Benjamin, der zuckte nur mit den Schultern. Caro nahm sich vor, ein ernstes Wörtchen mit ihrem Praktikanten zu reden.

„Hör zu, Ben", sagte sie, nachdem sie sich in der Trattoria an einen der Bistrotische gesetzt hatten, „wenn du das Praktikum nicht vorzeitig beenden willst, dann musst du dich an ein paar einfache Regeln halten. Eine davon ist Pünktlichkeit." Sie versuchte ihrer Stimme die nötige Autorität zu geben. Benjamin hatte begeistert angenommen, als sie ihn für die Mittagszeit zu einem Arbeitsessen, wie sie es nannte, eingeladen hatte.

„Ich war doch nur fünf Minuten zu spät."

„Du warst zwei Stunden zu spät! Deine Arbeitszeit beginnt um neun, nicht um elf. Und schon gar nicht um fünf nach elf!"

Ben sah sie zerknirscht an. „Okay, tut mir echt leid."

Er schwieg einen Augenblick, dann legte sich ein Lächeln auf seine Lippen. „John ist wirklich ein Miesepeter."

„John ist mein Partner, also sei vorsichtig, was du sagst!"

„Aber im Gegensatz zu ihm bist du total locker." Er strich ganz kurz mit dem Zeigefinger über ihre Handfläche.

Caro zog ihre Hand weg und setzte sich aufrecht hin. „Hör zu, Benjamin, du machst ein Praktikum in einer Agentur, die John und mir gehört. Wenn du es mit dem Respekt genauso lässig siehst, wie mit der Pünktlichkeit, dann bist du am falschen Ort. Vielleicht solltest du es mal in einem Kindergarten versuchen."

Er sah sie erschrocken an. „Aber ich wollte doch nicht ..."

„Was wolltest du nicht, Benjamin?"

„Einfach Ben. Ich wollte nicht respektlos sein, ehrlich. Ich finde nur, dass man ernsthaft arbeiten und trotzdem Spaß haben kann. Ich meine, wir sind doch nicht zum Trübsal blasen auf der Welt, oder?"

Er war genau wie John. Der John von vor sechs Jahren. In den sie sich unsterblich verliebt hatte, mit dem sie ihr Leben hatte teilen wollen. Von dem heute nichts mehr da war. Seine Jugendlichkeit, seine Unbekümmertheit waren im Arbeitsalltag auf der Strecke geblieben. Genau wie die ihre.

Seufzend winkte sie dem Kellner. „Okay, Zeit zurück an die Arbeit zu gehen, Ben. Also denk bitte dran, dass wir dich pünktlich in der Agentur sehen wollen."

„Klar. Darf ich dich mal was Persönliches fragen, Caro?" Er sah ihr in die Augen.

„Was?"

„Hast du eigentlich einen Freund?"

Sie sah ihn überrascht an. „Warum willst du das denn wissen?"

„Du bist eine tolle Frau, du hast ganz sicher einen Freund, oder?"

„Das geht dich nun wirklich nichts an, Ben."

„Würde mich aber interessieren, weil ..."

„Weil?"

Er sah ihr wieder in die Augen. „Mein Praktikum geht ja nicht ewig, und danach könnten wir ja vielleicht mal zusammen ausgehen."

Der Kellner hatte sich noch immer nicht blicken lassen, Caro stand ohne ein weiteres Wort auf und ging zum Zahlen an die Bar.

Sie würde ganz sicher nicht mit ihm ausgehen!

***

Zwei Tage nach ihrem Gespräch mit Ben begannen die Vorbereitungen für das *Open Faces*, einem Festival für Performance, Neue Musik und Tanz, das ihre Agentur jährlich organisierte. In den Anfängen war es eher ein Liebhaberspleen gewesen, in den sie ordentlich Geld gebuttert hatten. Mittlerweile hat sich das Event zu einem international anerkannten Festival etabliert. In guten Jahren spielten sie damit sogar etwas Geld ein, wobei das nach wie vor der unwesentlichste Faktor war, sich dafür zu engagieren.

Caro mochte einfach die Quirligkeit, die die vielen jungen Musiker, Tänzer und Performer in die Stadt brachten. Und die Spannung, dieses Knistern, das in der Luft lag, solange geprobt und inszeniert wurde. Als hätte sich ein kollektives Lampenfieber über die Großstadt gelegt.

Sie schnappte sich ihre Unterlagen und ging zum Empfang. Dort fand sie eine knallrote Martha vor, die nervös an ihren Haaren zuppelte, während Ben ihr grinsend etwas erzählte. Als Caro den Raum betrat, verstummte er sofort.

Sie sah zu Martha. „Alles okay bei dir?"

„Jaja", stammelte die verlegen.

Sie informierte Martha darüber, dass sie die nächsten Stunden auf dem alten Fabrikgelände, dem Ort des Festivals, verbringen würde, und bat Ben - einem Impuls folgend - sie zu begleiten. Warum, das wusste sie selber nicht so genau. Die Koordination vor Ort würde sie auch alleine schaffen und Ben hatte in der Agentur eigentlich genug zu tun.

Sie fuhren in Caros Auto zum Festivalgelände. „Womit hast du denn die gute alte Martha so aus der Fassung gebracht, Ben?", fragte sie nach einer Weile.

Er lachte. „Ich hab ihr gesagt, dass sie schöne Augen hat."

„Sie hat aber keine schönen Augen."

„Ich weiß", grinste er.

„Warum sagst du ihr das dann?", fragte Caro genervt. „Nur so."

Sie fuhr an den Straßenrand, stellte den Motor ab und sah Ben kalt in die Augen. „Wenn du jetzt auch noch anfängst, die Kolleginnen in der Agentur zu verarschen, dann solltest du deine Zeit wirklich lieber im Schwimmbad verbringen oder nach Hause gehen, um dir einen runterzuholen."

Ups, hatte sie das jetzt wirklich gesagt?

Warum nur machte er sie so wütend?

Ben errötete leicht, dann grinste er. „Ach, Caro, das war doch nur ein Spaß. Und das weiß Martha auch ganz genau. Warum bist du nur immer so ernst?"

War sie ja gar nicht! Sie seufzte und startete den Wagen wieder. Den Rest der Fahrt schwiegen sie.

„Im Moment wird Licht, Ton und die nötige Infrastruktur installiert. Auf den Hof haben wir Container stellen lassen, in denen die Künstler tagsüber proben und nachts schlafen können. Alles ist ziemlich improvisiert, aber das macht gerade den Reiz aus", sagte Caro, während sie auf das Gelände zusteuerte.

„Die Musiker und Tänzer schlafen in Containern? Das ist nicht dein ernst, oder?"

„Warum sollte das nicht mein ernst sein?"

„Ich meine, Zelte könnte ich ja noch irgendwie verstehen, aber Container?"

„Zelte funktionieren nicht, weil sie nicht schallisoliert sind. Die Musiker könnten nicht ungestört proben. Container sind da perfekt. Außerdem sind Container ganz normale Unterkünfte für sehr viele Menschen, Benjamin Blümchen. Für Bauarbeiter auf Großbaustellen zum Beispiel."

„Das mit dem Benjamin Blümchen hättest du dir ruhig verkneifen können, so grün bin ich nun auch nicht mehr hinter den Ohren", erwiderte er lachend, kein bisschen beleidigt.

„Oh doch!"

„Bin ich nicht!"

„Doch!"

„Du könntest mal mit mir ausgehen, dann beweise ich dir das Gegenteil!" „Hallo! Du bist mein Praktikant, schon vergessen?"

Sie fuhr auf den Hof und parkte das Auto neben einem LKW, der zu einer der Technikfirmen gehörte. Nach dem Aussteigen sah Caro auf die Uhr. „In exakt ... nee, das exakt nehme ich zurück, in ungefähr zwei Stunden schlägt hier eine Meute junger, hungriger, durstiger und vor allem total durchgeknallter Künstler auf, und bis dahin gibt es noch jede Menge zu tun, also an die Arbeit."

Sie checkten gemeinsam, ob die Container wohnlich hergerichtet waren, das Catering ausreichte, Ton und

Licht für die Probentage funktionierte und fließendes Wasser und Toiletten installiert waren.

Alles war perfekt, dank der vielen Helfer im Hintergrund, die das Festival zum Teil schon seit Jahren mit organisierten.

Der Aufführungsraum, eine aus den dreißiger Jahren stammende, fünfzehn Meter hohe und dreißig auf fünfzig Meter große Shedhalle, lag noch im Halbdunkel.

Mittendrin stand eine runde Bühne, umrahmt von einer Tribüne, die Platz für fünfhundert Zuschauer bot. Auf der Bühne wurde gearbeitet.

Caro wechselte ein paar Worte mit den Technikern, auch hier schien alles seinen Gang zu gehen. Dann blieb ihnen nur noch, die Ankunft der Künstler abzuwarten. Die würden im Laufe des Vormittags aus aller Welt auf dem Flughafen ankommen und dann gemeinsam mit einem Shuttle auf das Gelände gefahren werden. Fünfunddreißig Künstler insgesamt. Für heute.

„Lass uns einen Moment in die Sonne setzen und eine rauchen." Caro deutete auf eine alte Gartenbank, die jemand vor einen der Container gestellt hatte. „Das ist das Produktionsbüro, hier werde ich mich die nächsten vierzehn Tage wohl meistens aufhalten."

„Auf der Parkbank?" Er grinste.

„Nee, in dem Container natürlich." Sie grinste zurück, während sie sich setzten. Genauso habe ich hier vor einigen Jahren mit John gesessen, ging es ihr durch den Kopf. Und uns flimmerten die Herzen vor lauter Aufregung. Aufregung, es nicht ordentlich organisiert zu haben. Aufregung, das Publikum nicht zu erreichen. Aufregung, finanziell baden zu gehen. Auch das war einer gewissen Routine gewichen.

Caro fand das Festival immer noch toll, aber berührte es wirklich noch ihr Herz?

Berührt überhaupt noch etwas mein Herz?

Ihre Zigaretten waren halb geraucht, als der Bus auf das Gelände fuhr.

Caro trat die Kippe aus und stand auf. „Dann mach dich jetzt mal auf was gefasst, Ben."

Er sah sie fragend an, sie lächelte wissend. Die Tür des Busses ging auf und spuckte eine vielstimmige und vor allem vielsprachige Masse junger Leute aus, die aufgeregt hin und her liefen, nach ihren Taschen suchten und ihre Instrumentenkoffer an sich drückten, als hinge ihr Leben dran, um sich dann innerhalb kürzester Zeit über das komplette Gelände zu verteilen. Sie erinnerten Ben an eine Ameisenkolonie, deren einträchtiges Miteinander durch ein kleines Kind mit Holzstöckchen ordentlich durcheinander gewirbelt wurde.

Keine drei Minuten, nachdem der Bus seine Türen geöffnet hatte, ertönten die ersten Saxophonklänge. Streicher kamen hinzu, Posaunen, sogar ein Schlagzeug war zu hören. Wie hatten die das so schnell aufgebaut? Eine Tänzerin in engen, schwarzen Leggings machte Dehnübungen, indem sie eines ihrer langen Beine auf der Parkbank ausstreckte. Es war ein einziges Chaos.

Caro stand grinsend da, keiner der Künstler hatte die beiden Gestalten vor dem Produktionscontainer auch nur eines Blickes gewürdigt. Der Busfahrer stand neben der offenen Bustür und rauchte. Er sah aus, als könne er ein bisschen Entspannung dringend brauchen. Caro ging zu ihm und gab ihm ein Trinkgeld.

Danach sah sie erst auf ihre Uhr und dann zu Ben. „Ich gebe ihnen noch fünf Minuten."

„Wie meinst du das?" Er sah sie fragend an.

„Danach sollten sich alle Musiker versichert haben, dass ihre kostbaren Instrumente auf dem Flug keinen Schaden genommen haben."

Fünf Minuten später war das Chaos noch viel größer, und Ben hatte nicht die geringste Idee, wie man dem turbulenten Treiben Einhalt gebieten könnte. Caro sah noch einmal auf die Uhr, dann steckte sie vier Finger in den Mund und gab einen schrillen Pfiff von sich. Augenblicklich war alles still. Mit einer Armbewegung, die keinerlei Widerspruch zu dulden schien, winkte sie die Künstler zu sich. Kurze Zeit später waren sie umringt von fünfunddreißig fragenden Augenpaaren. Ben war schwer beeindruckt. Carolina begrüßte die Künstler in perfektem Englisch, stellte sich als die Organisatorin des Festivals vor und ihn als ihren Assistenten, was ihm ziemlich schmeichelte. Dann bekamen die Künstler ihre Container zugewiesen und die Anweisung, gleich nach dem Auspacken wieder exakt an dem Platz zu sein, an dem sie sich jetzt befanden, was erstaunlicherweise klappte.

Caro ging mit Ben voraus in die alte Werkshalle, die Künstler folgten ihnen im Entenmarsch wie eine kleine Armee. Ehrfürchtig sahen sie sich um, mittlerweile war die Bühne in ein dunkles Blau getaucht, Kunstnebel waberte darüber, es wirkte sehr mysteriös. Die Tänzer und Musiker verteilten sich auf den Sitzen und sahen Caro erwartungsvoll an, die auf der Bühne stand und durch den Bodennebel wie schwebend wirkte.

Carolina gab ein paar organisatorische Informationen, dann bat sie zwei Männer zu sich auf die Bühne. Den musikalischen Leiter und den Regisseur der ersten Inszenierung. Beide taten furchtbar wichtig.

„Manoman, was waren das denn für arrogante Typen?", fragte Ben, als sie wieder Richtung Produktionsbüro gingen.

Caro lachte. „Wenn du die arrogant fandst, dann freu dich schon mal auf Alejandro Fernandes." Ben sah sie fragend an. „Das ist einer der Solokünstler, die wir für das Festival eingeladen haben, und der ist wirklich arrogant. Der hat die Arroganz erfunden."

Ihr Job auf dem Festivalgelände war erst einmal getan und sie fuhren zurück in die Agentur.

Auf der Rückfahrt redeten sie nur wenig.

„Das ist dein Baby, oder?", fragte Ben irgendwann.

Sie sah kurz zu ihm rüber. „Das Festival? Ja, das ist mein Baby. Es ist aus einer Schnapsidee heraus entstanden, wie so vieles in meinem Leben."

Vielleicht sogar alles, dachte sie.

***

Tania saß mit einem Kaffee in der Küche, als ihre Tochter herein kam. Wieder einmal beim Kaffee. Und wieder einmal langweilte sie sich.

Was mache ich eigentlich den lieben langen Tag?

„Alles okay bei dir?“, fragte Marie.

„Klar, alles okay.“ Sie lächelte ihre Tochter schief an. Schweiß trat ihr auf die Stirn, unwirsch wischte sie mit der Hand darüber.

„Du siehst aus, als hättest du was, Mama.“

„Was soll ich denn haben?“

„Das frage ich dich ja gerade.“

„Alles okay, wirklich. Wo kommst du denn her?“

„Ich hab jemandem Nachhilfe gegeben.“

„Du gibst Nachhilfe? Das wusste ich ja gar nicht.“

„Noch nicht lange, erst das zweite Mal. Chemie.“

„In den Ferien?“

„Na ja, jetzt ist ja Zeit, oder?“

„Wem gibst du denn die Nachhilfe, kenn ich sie?“

„*Er* heißt Fabian.“

„Aha, ein er!“

„Warum nicht?“

Marie klang leicht genervt.

„Dein Freund?“, fragte Tania so beiläufig wie möglich.

Ihre Tochter verdrehte die Augen. „Mama, du glaubst doch nicht allen Ernstes, dass ich jemals einen Freund haben werde?“

Tania sah ihre Tochter erschrocken an. „Aber warum denn nicht, meine Kleine?" „Nenn mich nicht immer Kleine! Und guckt doch mal genau hin."

„Ich gucke seit sechzehn Jahren genau hin. Also los, warum glaubst du, dass du keinen Freund haben wirst?"

Marie stand auf. „Ich glaub, ich hab keine Lust auf ein *Gespräch unter guten Freundinnen*!"

„Bitte setz dich doch wieder, Klei ... Marie. Wenn du nicht willst, müssen wir ja nicht darüber reden. Mich würde einfach nur interessieren, warum du das denkst. Oder bist du ... ich meine ..." Tania ließ den Satz im Raum stehen.

„Was bin ich?" Marie war jetzt wirklich genervt.

Tania zögerte einen Moment, dann nahm sie die Hand ihrer Tochter. „Mein Mädchen, du weißt doch, dass wir dich lieb haben, ganz egal ..."

Marie zog ihre Hand weg. „Ganz egal was?", fragte sie herausfordernd.

„Ich meine ... also, wenn du zum Beispiel ... Mädchen lieber hast ... haben solltest ..."

Marie hielt kurz inne, dann brach sie in schallendes Gelächter aus. „Du glaubst, dass ich lesbisch bin?"

„Das wäre völlig okay, wirklich", beteuerte Tania schnell.

„Hallo! Mama! Natürlich wäre das völlig okay! In welchem Jahrhundert leben wir denn wohl? Bin ich aber nicht."

„Aber dann verstehe ich nicht ... ich meine, warum glaubst du denn dann, dass du nie einen Freund haben wirst?" „Da braucht man nur mal kurz die Augen auf zu machen."

„Ich mache die Augen auf und sehe ein überaus hübsches und dazu noch sehr intelligentes junges Mädchen vor mir."

„Mit der Intelligenz hast du recht, mit dem Rest leider nicht. Ich hab einen Arsch wie ein Reisebus."

„Das ist doch kompletter Blödsinn, Marie!"

„Und ich bin hässlich."

„Was für ein Quatsch! Wer hat dir das denn eingeredet?"

„Das muss mir niemand einreden, Mama. Ich brauche nur in den Spiegel zu sehen."

Tania war es fast peinlich, aber sie empfang eine heimliche Freude an dem Gespräch. Ihre Kleine brauchte sie!

Sie nahm wieder die Hand ihrer Tochter. „Jetzt reden wir Zwei mal Klartext, okay?"

Marie schwieg, zog ihre Hand aber nicht weg. Tania seufzte. „Vielleicht war es nicht immer ganz leicht für dich, so attraktive Brüder zu haben, mein Mädchen. Ich habe da, ehrlich gesagt, nie drüber nachgedacht. Aber daraus zu schließen, dass du nicht attraktiv bist, nur eben auf eine andere Art, das ist ein Fehler, glaub mir."

„Auf eine andere Art?" Marie lachte, es klang kläglich.

„Ja, du bist sehr süß, meine Kleine."

„Süüüüüß?"

„Ja, das bist du!" „Jetzt redest du Quatsch, Mama! Ich bin fett, nicht süß! Du könntest mir ja zur Abwechslung mal was von dir erzählen, statt mir etwas einzureden, das nicht der Wahrheit entspricht."

„Was sollte ich dir denn von mir erzählen, was du nicht sowieso weißt?"

„Warum du in letzter Zeit immer in der Küche rumsitzt und vor dich hinstarrst, zum Beispiel." Aus Maries Stimme war alle Genervtheit verschwunden, sie sah ihre Mutter besorgt an.

„Tue ich das denn?" Tania sah zu Marie.

„Tust du."

Wie gerne würde sie mit ihrer Tochter reden. Mit irgendjemandem reden. Tania holte tief Luft. „Ich weiß nicht, was aus mir werden soll, wenn ihr aus dem Haus seid", platzte es aus ihr heraus.

Marie sah ihre Mutter erschrocken an, sagte aber nichts.

Tania zögerte. „Ich bin nichts Wert, Marie. Den Haushalt zu führen ist ein Witz. Wir haben eine Putzfrau, einen Gärtner und das bisschen Einkaufen und Kochen …"

„Aber Mama …"

„Ich bin das Anhängsel deines Vaters …"

„Mama!"

Tania straffte ihre Schultern und sah ihre Tochter an. „Oh je, da hast du mich wohl in einem schwachen Moment erwischt. Vergiss einfach, was ich gerade gesagt habe, okay?"

„Nicht okay. Ganz und gar nicht okay!"

Tania lächelte ihre Tochter an. „Mach dir keine unnötigen Sorgen, mein Mädchen. Das wird sich wieder geben."

Marie sah ihre Mutter mit hochgezogenen Augenbrauen an. „Was genau wird sich wieder geben, Mama?"

„Ich bin gerade einfach in einer etwas melancholischen Stimmung. Das ist morgen vorbei. Vorausgesetzt, die Sonne scheint." Tania zwinkerte ihrer Tochter zu.

„Und wenn es morgen nicht vorbei ist?" Marie sah stirnrunzelnd zu ihrer Mutter.

„Wird es, Marie, wird es."

Als Tania Peters wieder alleine war, brach sie in Tränen aus. Was war denn nur los mit ihr?

***

Caro sah auf die Uhr. „In einer Stunde fahre ich zum Flughafen, Alejandro Fernandes abholen, das wird kein Spaß." Sie lächelte zu Ben rüber, er lächelte zurück.

Caro hatte ihm ein paar recht verantwortungsvolle Aufgaben übertragen, die er gewissenhaft erledigte. Das hat die Stimmung zwischen ihnen merklich entspannt. Ihre Stimmung, wie sie sich eingestehen musste. Denn Ben war ja schon entspannt. Tiefenentspannt.

„Soll ich mitkommen und dich vor dem bösen, alten Mann beschützen?" Er zwinkerte ihr zu, was sie nicht störte. Er war eben einfach so. Jung und unbekümmert.

„Alt? Der ist jünger als ich!"

„Ups", er grinste sie an. „Ich meine natürlich, alt für einen Tänzer. Und das er böse ist, hast du gesagt."

„Er ist nicht böse, er ist die Pest!"

„Warum hast du ihn denn dann eingeladen?"

„Das frage ich mich in diesem Moment auch gerade. Er ist halt immer noch einer der Großen. Und ein Zugpferd brauchten wir für das Festival."

„Und was findest du an ihm so schrecklich?"

„Er ist eine Diva, wie sie im Buche steht. Schon immer gewesen. Diven an sich sind ja schon schlimm genug. Aber alternde Diven, die mit dem Altern nicht klar kommen, finde ich ziemlich unerträglich."

„Und so einer ist das?" Ben lachte. „Du machst mich ja richtig neugierig auf den Typen."

Caro überlegte einen Moment. Würde Benjamin mit seinem jugendlichen Charme möglicherweise dabei helfen können, Alejandro bei Laune zu halten? Sie hatte gehört, dass dessen Freund ihn vor ein paar Wochen verlassen hatte, seine Stimmung würde vermutlich im Keller sein. Und die war letztes Jahr schon total mies gewesen. Carolina erinnerte sich mit einigem Schaudern an die drei Tage zurück, in denen sie ausschließlich damit beschäftigt gewesen war, dem Herrn Tänzer den Aufenthalt zu verschönern, während der alles dafür getan hatte, gehasst zu werden.

Das Hotelzimmer war zu klein, das Catering zu fett, die Probebühne zu kalt. An seinem Ankunftstag hatte er sie mitten in der Nacht angerufen und auf ein Hotelzimmer mit Holzboden bestanden, damit er tanzen könne. Mitten in der Nacht! Das ganze Hotel war mit Teppich ausgelegt. Nachdem Caro das telefonisch gecheckt und ihn darüber informiert hatte, wollte er einen Tanzboden gelegt bekommen. Sofort! Sie hatte das kategorisch abgelehnt und damit seine Stimmung endgültig gekillt.

Nun kam ihr ein ziemlich kühner Gedanke, über den sie selber lachen musste. Benjamin sah sie fragend an.

„Ich hab eine Idee, Ben. Wir werden die Diva mit einer Charmeoffensive glücklich machen. Du bist nämlich nicht nur mein Assistent, sondern zufälligerweise auch einer seiner größten Fans."

„Ich? Ich kenn den doch überhaupt nicht."

Caro grinste ihn an. „Wenn ich es recht überlege, dann hast du dich nur für das Praktikum beworben, um endlich dem großen Alejandro Fernandes leibhaftig zu begegnen."

„Sehr witzig." Ben lachte.

„Und ihm ein paar Tage ganz nah sein zu dürfen!"

„Eigentlich bin ich eher der Typ, der auf Frauen steht." Er zwinkerte ihr wieder zu.

„Damit könntest du die nächsten drei Tage retten, Ben."

„Das glaubt der mir doch nie. Ich habe nicht den blassesten Schimmer, was den Typen so außergewöhnlich macht."

„Das ist ganz einfach, er kann gut tanzen."

„Aber Tanz interessiert mich nicht die Bohne, das merkt der doch sofort."

„Der merkt nur, was er merken will. Geh Blumen besorgen! Der nächste Laden ist zwei Querstraßen von hier entfernt."

Benjamin sah sie zweifelnd an. „Das ist nicht dein Ernst, Caro!?"

„Das ist mein voller Ernst." Sie warf ihm ihre Autoschlüssel zu. „Kannst meinen Wagen nehmen."

„Du gibst mir Dein Cabrio?"

„Warum nicht?"

„Und wenn ich das vor eine Mauer setze?"

Sie zuckte mit den Schultern. „Ist doch nur ein Auto."

„Was für Blumen?"

Caro überlegte kurz. „Lass dir einen Strauß mit blauen Iris binden."

Nachdem Ben sich auf den Weg gemacht hatte, rief sie bei der Baufirma an. Zuerst hatte sie die Bühnenanweisung für einen Witz gehalten, aber da der Herr Tänzer selten zu Scherzen aufgelegt war, konnte sie das eigentlich ausschließen. Nachgefragt hatte sie trotzdem. Ja, es stimme, bestätigte man ihr, für die aktuelle Performance wurde ein Schaufelbagger benötigt.

Alejandro würde ein *Pas de Deux* mit einem Bagger tanzen.

„Warum eigentlich Iris?", fragte Ben auf dem Weg zum Flughafen.

„Iris stehen für unbändige Energie." Sie sah kurz zu ihm rüber. „Und dafür bewunderst du ihn doch, oder?"

„Vergiss es, Caro. Das kauft der mir niemals ab."

„Wetten doch?"

„Und wenn nicht?"

„Dann wird er sich verarscht vorkommen und die nächsten drei Tage werden die Hölle. Du hast also unser Schicksal in deiner Hand." Sie grinste.

„Na super." Er saß eine Weile schweigend neben ihr.

„Was soll ich denn sagen? Ich meine, falls ich überhaupt was sage!"

„Du musst gar nicht viel sagen, übereiche ihm einfach die Blumen und schmachte ihn bewundernd an."

„Und wenn der mich für schwul hält?"

„Dann wird es richtig lustig."

„Für dich vielleicht!"

Caro hörte an seinem Lachen, dass er das Ganze als einen weiteren, großen Spaß betrachtete.

Wenn sie selber das Leben doch auch noch einmal so leicht nehmen könnte.

Die Ankunft des Fluges aus Barcelona wurde angezeigt, gerade als sie die Wartehalle betraten. Caro hielt die Augen auf, wie erwartet kam Alejandro mit runtergezogenen Mundwinkeln die Gangway entlang. Er war schmaler als sie ihn in Erinnerung hatte - und sie hatte ihn sehr schmal in Erinnerung.

Er bewegte sich mit dem typischen Gang eines Tänzers. Eines schwulen Tänzers, der weiß, dass er ein Star ist, um genau zu sein. Seine Augen waren verborgen hinter großen, dunklen Sonnengläsern. Die pechschwarzen, sehr glatten Haare hingen ihm bis auf die Schultern. Nachdem er durch die Abfertigung gegangen war, stellte er sich mit seiner Leinenreisetasche an einen Lufthansaschalter in ihrer Nähe und wartete darauf abgeholt zu werden.

In Carolina stieg Wut auf, er hatte sie ganz sicher bemerkt, war sich aber zu fein auf sie zuzugehen.

Sie gab Ben ein Zeichen, der hob die Blumen vor seine Brust und los ging die Show. Nach einer frostigen Begrüßung machte sie Alejandro mit Ben bekannt und staunte nicht schlecht über dessen schauspielerisches Talent. In einer Mischung aus Bewunderung und Ehrfurcht überreichte er schüchtern seine Blumen. Caro musste sich schnell zur Seite drehen, damit Alejandro ihr Grinsen nicht bemerkte. Auf der Rückfahrt - sie fuhren offen, Alejandro saß hinten - drehte Ben sich immer wieder zu ihm um

70

und erkundigte sich nach seinem Wohlbefinden.

Ungefähr auf der Hälfte der Strecke musste Caro halten und das Verdeck schließen, dem Herrn auf dem Rücksitz wurde kalt. Als Ben sie besorgt fragte, ob sie denn keine Decke im Kofferraum habe, konnte sie einen Lachanfall nur mit Mühe unterdrücken.

Sie hatten ein Zimmer im Schweizer Hof gebucht, dem einzigen Hotel in der Stadt, das Parkettböden in den Zimmern hatte - und das eigentlich viel zu teuer war. Alejandro ließ sich von Benjamin aus dem Auto helfen und sah die Hotelfassade hoch. Er machte einen zufriedenen Gesichtsausdruck, kein Wunder!

Die beiden gingen vor ihr ins Hotel, ihr Praktikant trug dem Künstler die Tasche, der Künstler seine Blumen. Während Caro an der Rezeption die Formalitäten erledigte - die Hotelkostenübernahme unterschrieb und die kleinen Extrawünsche besprach - scherzte Ben mit dem Tänzer rum, beiden lachten laut. Sie hatte Alejandro noch nie lachen gehört.

„Mensch, Ben, es hat wirklich geklappt." Caro lehnte sich entspannt zurück.

Sie war so erleichtert darüber gewesen, dass sie Alejandro einigermaßen guter Laune ins Hotel bekommen hatten, dass sie ihren Praktikanten noch auf einen Drink in eine Bar eingeladen hatte, ganz entgegen ihrer Gewohnheit.

Ben hat natürlich nicht abgelehnt, saß ihr nun gegenüber und sah sie grinsend an.

Sie grinste zurück. „Ich wusste gar nicht, dass Alejandro überhaupt dazu in der Lage ist zu lachen. Worüber habt ihr euch in dem Hotel denn so amüsiert?"

„Über dich."

Caro stutzte. „Über mich, wie darf ich das denn verstehen?"

„Alejandro meinte, Du seiest immer so ernst. Wie eine alte Matrone, hat er gesagt." Ben grinste sie wieder an.

Caro richtete sich gerade auf und sah ihrem Praktikanten fest in die Augen. „Du machst dich mit einem Künstler hinter meinem Rücken über mich lustig?"

„Hey, hey, du wolltest, dass ich ihn bei Laune halte und das war nun mal sein Thema."

„Das war nun mal sein Thema? Sag mal, geht's noch?"

„Caro, nun mal ganz ruhig. Wir haben nur ein bisschen gescherzt."

„Ja, auf meine Kosten. Ich glaub es einfach nicht."
Vor allem wollte sie nicht glauben, dass sie einen solchen Eindruck vermittelte.

Wie eine alte Matrone, schallte es in ihrem Kopf. Sah Ben sie so? Wieder sah sie ihm in die Augen. „Und, bin ich eine alte Matrone?", fragte sie leichthin und um ein Lächeln bemüht. So, als würde sie seine Antwort nicht im Mindesten interessieren.

Ben lächelte. „Caro, der Typ ist schwul. Für den sind Frauen Wesen vom Mars. Der sieht doch überhaupt nicht, was ich sehe."

„Und was siehst du?", konnte sie sich nicht verkneifen zu fragen.

Ben sah ihr in die Augen. Er sah sie an, wie sie schon lange von keinem Mann mehr angesehen worden war. Sehr, sehr lange

Er räusperte sich. „Das sollte ich jetzt wohl besser nicht sagen. Ich meine, schließlich bin ich Dein Praktikant. Respekt und so."

Sie erwiderte nichts. Sie wollte wissen, was er *besser nicht sagen sollte*. Sie brauchte etwas, das die Matrone relativierte. Sie sah ihm wortlos in die Augen. Er erwiderte ihren Blick. Er sah ihr tief in die Augen, viel zu tief, dessen war sie sich schmerzhaft bewusst. Aber sie konnte sich seinem Blick einfach nicht entziehen.

Er nahm ihre Hand und lächelte sie leicht verlegen an. „Ich sehe die schönste, klügste und aufregendste Frau, die mir in meinem ganzen Leben begegnet ist."

Seine Worte fuhren ihr tief in den Magen, breiteten sich aus und ergossen sich wie Lava in ihrem ganzen Körper. Wie lange hatte niemand mehr so etwas zu ihr gesagt?

Seit der Trennung von John hatte es ein paar unwichtige Affären gegeben, aber die letzte lag auch schon wieder einige Monate zurück. Sie arbeitete einfach zu viel und hatte viel zu wenig Zeit, interessante Männer kennen zu lernen. Es kostete sie einige Mühe, sich von Bens Blick zu lösen. Der Kellner kam mit den Getränken. Caro räusperte sich und bemühte sich um einen neutralen Ton. „Danke, Ben, dir ist es zu verdanken, dass unsere Diva morgen

73

vermutlich eine für alle erträgliche Laune haben wird. Ich freue mich, dass du bei Alejandro das Eis brechen konntest und es wäre schön, wenn du ihn die nächsten drei Tage ein wenig betüddeln würdest, er scheint dich wirklich zu mögen. Natürlich nur, wenn es dir nichts ausmacht."

Sie redete viel zu viel.

***

Warum habe ich mich bloß auf diesen Irrsinn eingelassen, dachte Caro beim Anblick des riesigen Monstrums. Ein Tanz mit einem Schaufelbagger! Absoluter Irrsinn! Aber natürlich auch absolut spektakulär. Vielleicht eine Sensation, die die überregionale Presse zum Glühen bringen würde.

Hatte sie deshalb nicht weiter überlegt, als sie zum ersten Mal die Bühnenanweisung in den Händen hielt? Keinen Ton zu John gesagt, sondern nur den technischen Leiter gebeten, einen Bagger zu besorgen? Was erstaunlich einfach gelungen war.

Nun ist es sowieso zu spät, dachte sie, während sie sich mit Ben einen Platz suchte. Es war die erste und einzige Probe und die Tribüne war voll mit Künstlern. Niemand wollte sich das entgehen lassen.

In der Mitte stand der Bagger. In dem künstlichen Nebel und dem gedämpften blauen Licht wirkte er nicht mehr wie ein simples Baugerät. Eher wie ein Stier kurz vor dem Angriff.

Die Musik setzte ein und Alejandro kam aus dem Dunkel ins Licht, begann den Bagger zu umtanzen, um ihn herum zu gehen, ihn zu berühren, so, als wolle er ihn zum Tanz auffordern.

Was dann folgte, ließ alle den Atem stocken. Der Bagger setzte sich in Bewegung, erst langsam und in Bodennähe. Dann immer schneller und höher. Alejandro hing zum Teil mit nur einer Hand an der Schaufel, in fünf Meter Höhe oder höher und der

Bagger drehte sich schneller und schneller. Es war atemberaubend.

Carolina schwankte zwischen Faszination und Angst. Faszination und Bewunderung für die unglaubliche Körperbeherrschung. Angst davor, es könne etwas passieren. Dann wäre sie schuld. Sie alleine. Die Musik wurde lauter. Alejandro hing jetzt kopfüber an der Schaufel, nur von seinen zwei Füßen gehalten, die Arme ausgebreitet wie ein Artist auf einem Hochseil. Nur falsch herum. Alles sah so leicht aus, als hätte jemand ihn mit Klebstoff an den Bagger geklebt. Die Musik schwoll noch mehr an. Caro hatte das Gefühl, dass der ganze Saal den Atem anhielt. Und dann passierte es. Alejandro rutschte ab und fiel. Caro schrie auf, schloss die Augen und griff instinktiv nach Bens Hand, so als würde John neben ihr sitzen. Sie hörte die Schreie der anderen, dann rauschte es nur noch in ihren Ohren. Sie konnte die Augen nicht wieder aufmachen.

Ich bin schuld!

Schuld! Schuld! Schuld!, tönte es in ihrem Kopf wie ein Tinnitus.

„Alles klar mit dir, Caro?", Bens Hand drückte die ihre.

Als sie die Augen vorsichtig wieder öffnete, hing Alejandro lächelnd mit einer Hand an dem Gestänge unterhalb der Schaufel. Er war nicht abgestürzt und Caro wurde langsam - viel zu langsam - klar, dass der vermeintliche Fall Teil der Inszenierung war.

Die Musik, plötzlich völlig harmlos, schien sie alle zu verhöhnen. Sie atmete einmal tief ein und wieder aus. Ihre Hand war schweißnass und lag noch immer in der von Ben, der sie sanft drückte.

Verlegen sah sie zu ihm und grinste. „Man, der Typ hat echt ´nen Knall", sagte sie leise, entzog ihm ihre Hand und wischte sie an ihrer Jeans ab. „Puh, für einen Moment habe ich gedacht …"

Ben sah sie lächelnd an. „Dass er den Abflug macht?" „Exakt."

„Das war auf jeden Fall ziemlich spektakulär, mir stand auch für einen Moment das Herz still."

Die Musik wurde wieder lauter. „Der Mann ist der absolute Wahnsinn." Ben beugte sich zu ihr, damit sie ihn verstehen konnte. Dabei kam er ihr so bedenklich nah, dass sie seinen Atem auf ihrer Haut fühlte. Bis zum Ende der Show spürte sie seine Präsenz neben sich mehr, als ihr lieb war.

„Komplett abgefahren", meinte Ben, als Alejandro sich verbeugte und in einer gnädigen Geste seinem Partner, der den Bagger geführt hatte, ein wenig vom Applaus abgab.

„Hoffentlich passiert nichts während der Vorstellung." Caro zog die Stirn in Falten.

„Was soll denn schon passieren?"

„Na, du hast diesen Irren doch gerade gesehen. Was, wenn der sich wirklich eine Sekunde nicht halten kann und abstürzt?"

„Ach was, Caro, du machst dir mal wieder viel zu viele Gedanken." Ben stupste ihr kurz mit seinem Zeigefinger auf die Nase und grinste sie an. Sie spürte die kurze Berührung noch Stunden später.

Was war nur los mit ihr?

77

***

Lauras Handy klingelte, gerade als sie aus der Dusche kam.

„Hallo, schöne Fremde."

Sie wusste augenblicklich, wer am anderen Ende der Leitung war. Der hübsche, junge, selbstbewusste Typ aus dem Cave. Lucas.

„Mit wem spreche ich?", fragte sie reserviert. Was ihr angesichts der Tatsache, dass sie splitternackt und frierend in ihrem Flur stand, nicht ganz leicht fiel.

„Du hast mich doch nicht etwa vergessen?"

Sie schwieg.

„Damit würdest du mir das Herz brechen!"

Sie musste lachen. „Ich nehme mal stark an, du bist dieser freche, junge Typ, mit dem ich kürzlich getanzt habe und dem ich unvorsichtigerweise meine Nummer auf seine Hand geschrieben habe?"

„Exakt. Und nun rufe ich dich an. Wie versprochen."

„Soso." Sie sollte einfach auflegen.

„Du könntest mir deinen Namen verraten."

„Ich heiße Laura."

„Wie wäre es mit einem Drink heute Abend, schöne Laura?"

Nein!

Sie überlegte kurz. Er war wirklich süß gewesen, aber eindeutig viel zu jung. „Ja gerne."

Hallo! Hast du sie noch alle?

„Fantastisch, nenn mir deine Adresse, ich hole dich ab.“

Ganz sicher nicht!

„Kennst du den Blauen Engel?“, fragte sie, noch immer um Reserviertheit bemüht.

„Die Kneipe? Ja, kenne ich.“

„Um acht?“

„Da ist es aber immer ziemlich hektisch.“

Sie lachte leise. „Um acht im Engel.“

Er seufzte. „Ich werde da sein.“

***

Marie stand im Flur und belauschte ihre Brüder. Sie musste unbedingt rausbekommen, was genau sie trieben, deshalb kam es ihr total legitim vor, zuzuhören. Wieder einmal.

„Es wird Zeit, dass ich deine coole Chefin kennenlerne, Ben."

„Ach, komm schon, Luc. Das ist doch total albern."

„Das ist total abgefahren. Du hast morgen frei, ich gehe für dich arbeiten." Lucas lachte.

„Und wenn das auffliegt?", fragte Ben und Marie hörte gehörige Zweifel in seiner Stimme.

„Du gibst mir so viele Infos wie möglich, dann fliegt überhaupt nichts auf."

„Vergiss es einfach, Luc."

„Das wird ein großer Spaß, Ben."

„Für wen?"

„Na, für uns beide. Abends erzähle ich dir, wie es war und dann besprechen wir, wie es weitergehen wird." „Wie es weitergehen wird? Was meinst du denn damit?" „Na, so wie du die ganze Zeit von der Frau schwärmst, willst du sie doch sicher ins Bett bekommen, oder etwa nicht? Wir führen ein Strategiegespräch!"

Marie begann zu frösteln, außerdem bekam sie Hunger. „Hör zu, Luc. Ich habe es schon mal gesagt. Ich steige da aus, das ist nicht mehr mein Stil."

Lucas lachte wieder. „Das ist doch Quatsch, Ben. Morgen früh schläfst du aus."

„Oh Man, was muss ich tun, um dich zur Vernunft zu bringen, Lucas?"

„Vernünftig werden wir frühestens mit vierzig, wenn überhaupt. Übrigens habe ich noch eine Überraschung für dich." Ben sagte nichts. Marie hielt den Atem an. Was kam denn jetzt noch?

„Die schöne Frau aus dem Cave, du erinnerst dich?" Ben schwieg weiter. Luc lachte und Marie hörte, wie er dabei grinste. „Du wirst sie treffen, Ben."

***

„Und dann war ich von einer Minute auf die andere schweißgebadet, als hätte mich jemand mit einem Eimer Wasser übergossen. Dabei war es überhaupt nicht warm. Bin ich vielleicht krank, Claudi?" Tania sah ihre alte Freundin aus Studientagen an.

Claudia Brettschneider wusch sich die Hände, dann setzte sie sich zurück an den Schreibtisch, tippte kurz etwas in die Patientenakte und schaute ihre Freundin leicht grinsend an. „Als Krankheit würde ich das nicht bezeichnen."

Tania runzelte fragend die Stirn.

„Du kommst ins Klimakterium, meine Liebe."

„Sehr schlechter Scherz."

Als Claudi immer noch grinsend den Kopf schüttelte, wurde ihr übel.

„Das ist doch ein Witz?"

„Irgendwann ist jede mal dran. Die eine früher, die andere später, Tania."

„Ich bin zweiundvierzig! Das ist völlig unmöglich."

„Wie sieht es denn mit deiner Periode aus, kommt die noch regelmäßig?"

„Was meinst du denn mit noch?" Tania hörte selber, wie hysterisch sie klang. *Klimakterium,* dröhnte es in ihrem Kopf. Fast hätte sie geheult.

„Tania, das ist wirklich nichts, was dir Sorgen bereiten muss." Claudia Brettschneider sah ihrer Freundin an, wie schockiert sie war. „Mach dich deswegen nicht verrückt. Es kann sein, dass das ein einmaliger Hitzeschub war und du die nächste Zeit wieder Ruhe hast. Am besten gehst du zu deinem Gynäkologen und besprichst mit ihm das weitere Vorgehen."

Tania sah ihrer Freundin in die Augen. „Was denn für ein weiteres Vorgehen?"

„Du scheinst mir ein bisschen dünnhäutig, das kann durchaus hormonell bedingt sein. Vielleicht solltest du über eine Hormonersatztherapie nachdenken."

Hormonersatztherapie, das wurde ja immer schlimmer. Tania fing an zu weinen.

Claudia Brettschneider blieb einen Moment ruhig sitzen und sah ihre Freundin an. Dann stand sie auf, ging um den Schreibtisch herum und nahm sie in den Arm. „Geht es dir ansonsten denn gut, Tania? Ich meine, ist bei euch zuhause alles in Ordnung?"

„Weiß ich nicht."

„Was meinst du denn mit weiß ich nicht?"

„Die Kinder sind groß, Konstantin arbeitet rund um die Uhr und ich sitze im Haus rum und weiß nichts mit mir anzufangen", platzte es aus ihr heraus. Das war doch total lächerlich, was war nur los mit ihr? Energisch stand sie auf und ging zur Tür. „Dein Wartezimmer platzt vermutlich schon aus allen Nähten."

„Quatsch, Tania, ich nehme mir so viel Zeit für dich, wie du brauchst."

„Danke, Claudi, aber ist schon okay." Sie versuchte ein Lächeln, nickte der Freundin zu und verließ die Praxis.

Im Auto dachte sie einen Moment nach, dann fuhr sie mit dem Wagen den Galgenberg hinauf.

Der Parkplatz war leer. Am Wochenende gingen hier viele Leute spazieren, aber heute war es regnerisch und windig, außerdem ein normaler Arbeitstag mitten in der Woche. Wer hatte da schon Zeit für einen Spaziergang? Außer mir, dachte Tania.

Sie blieb im Auto sitzen, hörte den Regentropfen zu, die auf das Autodach prasselten, und dachte über ihre Zukunft nach.

***

Caro saß am Schreibtisch und starrte auf den Bildschirm ihres Laptops. Das Festival legte einen Tag Pause ein, so dass sie die wichtigsten Dinge im Büro erledigen konnte. Könnte, musste man wohl eher sagen. Denn sie arbeitete nicht. Stattdessen trank sie einen Kaffee nach dem nächsten und versuchte sich über ihre Gefühle klar zu werden. Sie war sauer. Stinksauer sogar. Soviel wusste sie immerhin.

Als sie vor einer Stunde in die kleine Agenturküche gegangen war, um sich einen ersten Kaffee zu holen, stand Ben lässig an die Wand gelehnt, während Roberta sich einen Tee aufbrühte. Caro konnte gerade noch den Blick erhaschen, mit dem er grinsend ihren Hintern betrachtete. Als er sie sah, bemühte er sich um einen neutralen Gesichtsausdruck, aber es war zu spät. Sie hatte seinen Blick gesehen und etwas war ihr ziemlich tief in die Magengegend gefahren. Nur warum? Carolina Blumenberg? Wo ist dein Problem? Sie hatten die letzten Tage auf dem Festival wirklich gut zusammen gearbeitet und Ben war ihr eine große Unterstützung gewesen. Stundenlang war er nicht von ihrer Seite gewichen und hatte alle Assistenzaufgaben gewissenhaft erledigt. Und dabei unverblümt weiter mit ihr geflirtet, was ihr immer weniger auf die Nerven ging.

Ihr immer besser gefiel, wie sie sich jetzt eingestehen musste. War sie etwa eifersüchtig? Auf Roberta? Wegen eines Blickes?

Sie entschied, dass das ganz und gar nicht der Fall war und rief Ben über die Hausanlage zu sich ins Büro. Sie hatten zu arbeiten. Frauenhintern konnte er anstarren, wenn er Feierabend hatte. Als er eine Minute später den Kopf in die Tür steckte und sie mit seinem offenen Blick anlächelte, wurden ihr die Knie weich. Scheiße noch mal, ich habe mich doch nicht etwa in diesen Jungen verliebt?

Sie räusperte sich und bat Ben in kollegialem Ton, sich ihr gegenüber hinzusetzen, was er mit einem Grinsen tat. „Wir müssen die letzten Festivaltage durchplanen, dafür brauche ich dich", begann sie.

„Alles klar." Wieder dieses Grinsen, fast schon süffisant.

Sie sah ihm in die Augen und hoffte, dass ihr Blick die nötige Kühle ausstrahlte. „Ist was nicht in Ordnung, Ben?"

„Wieso?" Er sah ihr auch in die Augen. Zu tief. Sie blieb weiterhin kühl. „Weil du so komisch grinst?"

Ben straffte ein wenig die Schultern und sah sie mit einem neutraleren Blick an. „Sorry, war nicht so gemeint. Dann lass uns mal an die Planung gehen."

Sie arbeiteten einige Stunden konzentriert die Technikpläne durch, schauten sich die jeweiligen Vorverkaufszahlen an und besprachen dies und das, trotzdem wurde Caro den Eindruck nicht los, dass etwas nicht stimmte. Etwas war anders. Sie war befangen wie selten in der Gegenwart eines Mannes.

***

Laura setzte sich so, dass sie die Eingangstür im Blick hatte. Als er den Blauen Engel betrat, verschlug es ihr kurz den Atem. Lucas, der Fremde aus dem Cave, sah noch besser aus, als sie ihn in Erinnerung hatte. Er sah sich kurz um und schien sie nicht sofort zu erkennen.

Sehe ich bei Tageslicht so anders aus? Sie winkte ihm zu, dabei kam sie sich reichlich dämlich vor.

Als er sie entdeckte, kam er an ihren Tisch.

„Hallo." Leicht verlegen setzte er sich ihr gegenüber.

„Hallo." Sie lächelte ihm zu, er lächelte zurück. Ohne den Schutz der dunklen Nacht war er nur ein unschuldiger junger Mann, den eine viel ältere Frau unsicher machte. Jedenfalls war das ihr erster Eindruck.

Sie musterte ihn, während er seine Verlegenheit mit dem Studium der Getränkekarte zu überspielen versuchte.

Seine blonden Haare waren verwuschelt, die Haut gebräunt, die Augen klar und wach, das spöttische Lächeln wirkte leicht einstudiert.

„Was trinkst du?", fragte er sie.

„Orangensaft."

„Wirklich nur einen Saft?"

Sie nickte.

„Okay. Der Abend fängt ja erst an."

Ja, und er wird auch ohne Alkohol enden, schöner Junge, dachte sie.

Er bestellte ihren Saft und für sich ein Bier.

87

Nachdem sich die erste Verlegenheit gelegt hatte, entspannte er sich sichtlich.

„War ein schöner Abend im Cave."

„Stimmt." Sie lächelte. „Hast du gerade Urlaub, oder warum bist du so braun?"

Er erzählte ihr, dass er gerade das Abi bestanden habe und jetzt erst einmal seine Freiheit genießen wolle.

Das Studium könne noch etwas warten.

Er kommt frisch von der Schule, dachte sie. Wie süß. Laura nahm Männer nicht sehr ernst. Und diesen Jungen schon gar nicht.

Was aber nicht hieß, dass sie keinen Spaß mit ihm haben konnte.

***

„Caro hat mich zum Abendessen eingeladen. Sie kocht für mich!“

„Wann?“

„In drei Tagen, wenn das Festival und damit auch mein Praktikum vorbei ist. Als Dankeschön für meine Unterstützung, sagt sie.“

Marie hörte an Bens Stimme, dass er sich ehrlich freute. Sie stand im Flur, wie immer. Es kam ihr schon nicht mal mehr komisch vor, ihre Brüder zu belauschen.

„Oho, und wer von uns Zweien geht hin?, erwiderte Lucas.

„Luc! Jetzt hör endlich damit auf. Ich werde da hingehen und sonst niemand.“

„Ben, Ben, Ben, du wirst ja langsam zu einem richtigen Spießer.“

„Du redest Müll, Luc.“ Lucas lachte. „Ich glaube, das Date nehme ich wahr.“

„Vergiss es.“

„Komm schon.“

„Diesmal ist es wirklich anders, irgendwie. Außerdem ...“

„Außerdem was?“

„Ach nichts.“

„Hey, du hast dich doch nicht etwa verknallt, Ben?“

„Quatsch, natürlich nicht.“

„Dann gibt es keine Ausrede.“

„Ich mache da nicht mehr mit, Luc! Wie oft soll ich das noch sagen?“

„Komm mal wieder runter, Ben. Ist doch alles cool, so wie es gerade läuft."

Marie hörte noch eine Weile zu, dann ging sie in die Küche, angelte sich aus dem Küchenschrank eine Packung Kekse und begann zu essen. Wenn sie nachdachte, musste sie essen. Das ging nicht ohne. Fettarsch hin oder her.

***

Carolina stieg aus der Dusche, schnappte sich ein Handtuch und rubbelte erst sich und dann ihre Haare trocken. Sie war spät dran, würde sich aber trotzdem nicht hetzen lassen. Hetze verursachte unschöne rote Flecken auf ihrem Hals, die manchmal Stunden brauchten, um wieder zu verschwinden. Das konnte sie heute Abend nun wirklich nicht brauchen. Während sie im Kleiderschrank nach ihrer neuesten Unterwäsche kramte, redete sie sich ein, dass ein ganz normaler Abend vor ihr lag.

Sie würde für einen Kollegen kochen, mehr nicht. Das Wetter hielt sich, sie könnten auf der Dachterrasse essen. Caro sah in den großen Wandspiegel und musste grinsen. Dann wechselte sie die schwarze, ziemlich aufreizende Wäsche gegen Slip und BH, die ihrer Meinung nach als neutral durchgehen konnten. Darüber zog sie verwaschene Jeans und ein neues, rotes Shirt, die Füße barfuß. Im Bad legte sie ein dezentes Makeup auf und band sich die Haare hoch. Kein Deo, kein Parfüm. Sie sah aus, als hätte sie nicht eine Sekunde über ihr Äußeres nachgedacht.

Dann wusch sie schnell den Salat und schnippelte Gemüse, während sie sich einen ersten Schluck Wein genehmigte. Sie war in einer seltsamen Stimmung. Aufgeregt und entspannt zugleich. Das Festival war gut verlaufen, die Presse hatte sich wie erwartet überschlagen und der durchgeknallte Spanier war nicht wie von ihr befürchtet abgestürzt.

91

Und nun würde sie einen netten Abend mit Ben verbringen. Ein harmloses Abendessen als Dankeschön für seine großartige Unterstützung, jedenfalls versuchte sie sich das einzureden.

Als es klingelte, hatte sie bereits draußen gedeckt. Der Tisch stand so, dass man den Blick über die Hügel der Stadt genießen konnte.

„Hallo", sagte sie beim Öffnen der Tür und versuchte ihr Herz zu ignorieren, das seltsam unregelmäßig zu klopfen schien.

Er stand mit einem Blumenstrauß vor ihr und lächelte leicht verlegen, was sie sehr süß fand. „Hi Caro, danke für die Einladung."

Sie nahm die Blumen, ging vor ihm auf die Terrasse und stellte sie in eine Vase auf den Tisch.

„Wow, das ist ja ein toller Ausblick." Er sah sie an, sie konnte seinen Gesichtsausdruck nicht deuten. Vermutlich ist er doppelt so aufgeregt wie ich, dachte sie. „Setz dich doch, vielleicht gießt du uns schon mal einen Wein ein? Ich hole das Essen raus. Es gibt Steak und Salat." Sie deutete auf den großen Grill, der in einer Ecke stand.

„Klingt super." Er lächelte.

„Der Wein heißt ja wie du?" Er sah sie fragend an, als sie mit der großen, hölzernen Salatschüssel zurück kam und den Gas Grill anstellte.

Sie lachte. „Das ist unser Familienwein." Nachdem Caro sich ihm gegenüber gesetzt hatte, begann sie von ihren Eltern und dem Weingut zu erzählen, auf dem sie groß geworden war.

Er nahm einen Schluck. „Schmeckt gut."

„Sei besser vorsichtig, wenn man den nicht gewohnt ist ...“

„ ... bekommt man einen Schwips und verliert die Kontrolle über das, was man tut?“ Er zwinkerte ihr zu.

„Na, nach einem Schluck Wein wohl eher nicht.“ Sie stand auf und ging zum Grill. Ein paar Minuten beschäftigte sie sich mit den Steaks, während er entspannt am Tisch saß und den Ausblick genoss. Im Gegensatz zu ihr hatte er sich mit seinem Äußeren sehr viel Mühe gegeben, wenn er auch um ein größtmögliches Maß an Lässigkeit bemüht schien. Würde er versuchen sie zu verführen? Oder jedenfalls zu küssen? Und wenn ja, wie sollte sie darauf reagieren? Sie wusste es wirklich nicht. Wie sie darauf reagieren wollte, signalisierte ihr Körper ihr allerdings sehr genau. Während des Essens erzählte sie von ihrer Kindheit in der Toskana, er schien sehr interessiert und fragte mehrmals nach. Sie tranken ziemlich schnell die erste Flasche Wein aus. Caro holte eine neue aus der Küche.

Als sie zurück auf die Terrasse kam, stand er mit dem Rücken zum Geländer und lächelte sie an. Sie goss ein und ging mit den zwei Gläsern zu ihm.

„Und, Ben, hat dich das Praktikum deiner Studienentscheidung näher gebracht?“, fragte sie, während sie ihm sein Glas reichte. Die interessierte Chefin stellt ihrem ehemaligen Praktikanten eine naheliegende Frage.

Er nahm sein Glas und stellte es auf die Balkonbrüstung.

„Und, Caro, willst du dich jetzt wirklich mit mir über mein zukünftiges Studium unterhalten?" Er sah sie mit seinen blauen Augen an, nahm ihr das Glas ebenfalls ab und stellte es weg. „Oder wollen wir über interessantere Dinge reden?"

„Zum Beispiel?" Ihr wurde der Mund trocken. Sie wollte weglaufen und da bleiben zugleich.

Er legte ihr seine Hand in den Nacken. „Zum Beispiel, dass du unglaublich sexy bist ... und dass ich dich küssen will, seit ich dich das erste Mal gesehen habe."

Dann küsste er sie und sie ließ es geschehen.

Zwei Stunden später war sie besoffen. Stockbesoffen, um genau zu sein. So besoffen wie noch nie. Der Kater am nächsten Morgen würde mörderisch sein, dabei hatte sie einen harten Arbeitstag vor sich. Trotzdem trank sie weiter, während sie auf der breiten Liege lag und in den Sternenhimmel starrte.

Sie hatte völlig die Kontrolle verloren - und das passierte ihr sonst nie. Nicht bei der Arbeit, nicht in der Freizeit - und beim Sex schon gar nicht. Wenn sie sich in den letzten Wochen vorgestellt hatte, mit Ben zu schlafen - und das hatte sie durchaus -, dann war selbstverständlich sie diejenige gewesen, die die Fäden in der Hand hielt. Die erfahrene Frau führt den jungen, unschuldigen Mann in die große Kunst der körperlichen Liebe ein. Haha!

Seine Berührungen hatten sie zu einer willenlosen Marionette werden lassen. Gleich beim ersten Kuss war seine Hand unter ihr Shirt geglitten und ihr waren die Knie so weich geworden, dass sie Angst hatte, einfach zu Boden zu gleiten.

Dann hatten sie sich geliebt. In einer Intensität, die Caro vorher noch nie erlebt hatte. Die sie gar nicht für möglich gehalten hatte. Als sie anschließend völlig erschöpft auf der Liege gelegen hatten, regte sich in Caro ein letzter Rest Stolz. Sie hatte sich aufgerichtet und ihm in die Augen gesehen.

„Das war so eigentlich nicht geplant, Sweetheart."

Das *Sweetheart* sollte ironisch klingen, in ihren Ohren klang es verliebt.

Es hatte sie schwer irritiert, dass er ihrer Aufforderung zu gehen - weil sie ja morgen einen harten Arbeitstag habe - sofort gefolgt war. Auch an der Tür gab es seinerseits keinerlei Liebesbeteuerungen oder den Wunsch nach einem nächsten Date. Er hatte sie lächelnd auf die linke Schulter geküsst, etwas von super Abend gemurmelt und war mit leichten Schritten das Treppenhaus runter gelaufen.

Super Abend? Hallo! Geht´s noch?

Nachdem sie die Wohnungstür hinter Ben verschlossen hatte, war sie zunächst mit dem wohligen Gefühl eines zutiefst befriedigenden sexuellen Erlebnisses auf die Terrasse zurückgegangen, um vor dem Schlafengehen einen letzten Schluck Wein zu trinken.

Und dann begann es in ihrem Kopf zu kreisen. Die Ereignisse der letzten Stunden überschlugen sich förmlich. Sie hätte das nicht zulassen dürfen! Aber hatte sie eine Wahl gehabt? Nein, hatte sie nicht.

Diese Willenlosigkeit war etwas absolut Neues für sie. Und warum war er danach einfach abgehauen? Hätte er sie nicht bitten müssen, die Nacht bei ihr bleiben zu dürfen?

Was sie natürlich abgelehnt hätte.

Er hatte nicht mal gesagt, dass er sie wiedersehen möchte! Und genau das machte Carolina Blumenberg zu schaffen. Das war ihr exakt noch nie passiert. Die Männer, mit denen sie bislang ausgegangen war, John eingeschlossen, hatten sie unbedingt wiedersehen wollen. Und keiner war ihrer Aufforderung zu Gehen protestlos gefolgt. Der Wein legte einen gnädigen Weichzeichner über dieses ungewohnte Gefühl. Er machte sie schläfrig, ohne dass sie ins Bett wollte. Sie wollte trinken und in den Himmel starren. In der Hoffnung auf was? Auf Erkenntnis? Die Nacht war sternenklar, sie starrte die funkelnden Dinger am Himmel an, bis ihr die Augen wehtaten. Dann schloss sie ihre Augen kurz und starrte weiter. Irgendwann fingen die Sterne an zu tanzen.

Sie wollte eine Zigarette rauchen. Zu Ehren der tanzenden Sterne. Also torkelte sie in die Küche, fischte in der Schublade rum, fand endlich eine verknitterte Packung Zigaretten und ein Feuerzeug und torkelte zurück auf die Liege. Nach dem ersten Zug wurde ihr schlecht. Schwankend stand sie wieder auf, schmiss die glühende Kippe über den Balkon und wankte ins Bett, auf das sie sich in Slip und BH fallen ließ. Eine Minute später war sie eingeschlafen. Der Wecker zeigte halb vier.

***

„Heute Abend kommt absolut nichts in der Glotze. Manchmal frage ich mich, wofür wir eigentlich noch die Fernsehgebühr zahlen", brummte Konstantin, während er die Zeitschrift auf den Tisch knallte, als könne die Illustrierte etwas dafür.

Die Kinder waren irgendwo unterwegs und sie waren seit langer Zeit mal wieder alleine. Tania sah ihren Mann an. Jetzt wäre eine gute Gelegenheit, in Ruhe mit ihm zu reden. Sie brauchte unbedingt eine berufliche Perspektive, deshalb hatte sie sich überlegt, Konstantin halbtags im Büro zu helfen. Das würde ihn entlasten und sie hätte wieder eine sinnvolle Aufgabe. Mit etwas Glück käme auch gemeinsame Freizeit dabei heraus, wenn sie ihm Arbeit abnahm. Sie könnten zusammen golfen gehen, oder einen Tanzkurs belegen. Früher hatten sie gerne getanzt.

Ihr Herz klopfte ein wenig, während sie ihren Mann ansah. „Wir müssen reden, Konstantin." Wie würde er auf ihren Vorschlag reagieren?

Er erwiderte ihren Blick recht kühl. „Worüber denn?"

Klang er gereizt oder hatte sie sich das nur eingebildet?

„Über mich, also - eigentlich über uns."

Er sah an ihr vorbei an die Wand und schwieg.

„Über uns, wieso?", fragte er nach einer Weile und seine Stimme klang fremd in ihren Ohren.

Warum sah er sie nicht an? Tania wurde noch unbehaglicher, als ihr ohnehin schon war. Ihr Mann starrte weiter die Wand an.

Sie sagte nichts weiter, sie brachte es einfach nicht über die Lippen, nicht in dieser komischen Atmosphäre, die plötzlich zwischen ihnen herrschte. Vielleicht würde er über ihren Vorschlag ja einfach lachen. Sie hatte schließlich überhaupt keine Ahnung von seinem Job.

Außerdem war es ihr ja selbst ein bisschen peinlich. Sie hatte ein Luxusproblem, wenn man es genau nahm. Sie könnte Tennis spielen oder zum Pilates gehen. Einem Literaturkreis beitreten, malen lernen oder den ganzen Tag mit Shoppen verbringen. Nur, sie hatte einfach keine Lust dazu. Sie wollte eine echte Aufgabe. Sie wollte gebraucht werden. Regelmäßig morgens in ein Büro zu gehen, um dort was auch immer zu tun, kam ihr im Moment geradezu paradiesisch vor. Konstantin räusperte sich, dann sah er ihr in die Augen. Sie konnte seinen Gesichtsausdruck nicht deuten.

„Es tut mir leid, Tania."

Was tat ihm leid? Dass er sie so oft alleine ließ?

Sie sah ihn fragend an. Als er sich neben sie auf das Sofa setzte und sie in den Arm nahm, hätte sie fast geheult. Es tat so gut, seinen Körper zu spüren. Wann hatte er sie eigentlich das letzte Mal in den Arm genommen?

„Es ist einfach so passiert, weißt du."

Sie erstarrte, dann sah sie ihn an. „Wovon redest du?"

„Wir sollten die Ruhe bewahren und uns nicht unnötig aufregen, Tania, okay?"

„Okay, aber ..."

Was passierte hier gerade? Sie sah ihrem Mann in die Augen und wartete ab. Er schwieg. Eine Ewigkeit, so kam es ihr jedenfalls vor.

„Was ist einfach so passiert?" War das ihre Stimme? Er sah wieder an ihr vorbei an die Wand. „Es tut mir wirklich leid."

Sie löste sich aus seiner Umarmung und sah ihm in die Augen.

„Was tut dir leid?" Ihr Mund war ganz trocken.

„Das weißt du doch."

Was war das für ein komisches Klingeln in ihren Ohren?

„Sie heißt Sophie, wir kennen uns schon eine Weile." Tania blieb einfach sitzen und hörten den Satz in ihrem Kopf nachhallen.

Sie heißt Sophie, wir kennen uns schon eine Weile.

„Wer heißt Sophie?", fragte sie überflüssigerweise. Er schwieg.

„Du hast ein Verhältnis? Willst du mir das sagen?" Ihre Stimme zitterte.

„Es tut mir wirklich leid, Tania. Ich wollte das nicht. Es ist einfach so passiert", stotterte er.

Sie schnappte nach Luft. „Nichts passiert einfach so!" Ihr Mann antwortete nicht, drehte nur verlegen an seinem Ehering.

„Wie lange geht das schon?"

„Das ist doch unwichtig." Sie stand auf. In ihren Ohren rauschte es. Würde sie jetzt in Ohnmacht fallen?

Wäre das die angemessene Reaktion, wenn der Ehemann nach mehr als zwanzigjähriger Partnerschaft eine Affäre beichtete. War es überhaupt eine Affäre? Oder war es etwas Ernstes?

„Ich werde es den Kindern sagen, okay?"

Es ist was Ernstes! Er wird mich verlassen! Sie machte ein paar Schritte Richtung Tür, dann wurde ihr schwarz vor Augen.

Drei Tage später meldete Ben sich endlich per WhatsApp. Caro schwankte zu dem Zeitpunkt bereits zwischen ziemlicher Sehnsucht, einer gehörigen Portion Selbstzweifel und absoluter Wut auf diesen Typen. Was bildete der sich eigentlich ein, sich einfach nicht zu melden? Nach dem Abend!

Und ein weiteres Gefühl stand wie eine unüberwindliche Wand vor ihr: Der Wunsch, das, was sie mit Ben erlebt hatte, zu wiederholen. Sie brauchte nur die Augen zu schließen, und es war nichts mehr da, außer dem Wunsch nach exakt dem Sex, den sie mit ihm gehabt hatte.

Am Morgen danach war sie mit schwerem Kopf in die Agentur gefahren, vorsichtshalber mit dem Rad, wegen des Restalkohols. Und um den Kopf klar zu kriegen. Als erstes checkte sie ihre Mails, er hatte sich noch nicht gemeldet. Vermutlich schlief er noch, jetzt hatte er ja Zeit.

Auf den Morgenkaffee verzichtete sie vorsichtshalber, ihr Kreislauf war nicht stabil genug. Außerdem war ihr schlecht. Sie verfluchte den Wein und schwor sich, mindestens eine Woche keinen Alkohol zu trinken.

Als sie mittags noch immer nichts von Ben gehört hatte, verdüsterte sich ihre Stimmung merklich. Er war doch total verknallt in sie, das war die letzten Wochen wirklich nicht mehr zu übersehen gewesen. Warum also ist er gestern Nacht nicht geblieben? Warum meldete er sich jetzt nicht?

Den Nachmittag verbrachte sie in einer nervösen Unkonzentriertheit. Vielleicht stand er ja einfach vor ihrer Wohnungstür, wenn sie kam. Oder hatte etwas so Altmodisches getan, wie ihr eine Karte in den Briefkasten zu werfen.

Gegen fünf hielt sie es nicht mehr aus. Sie schaute kurz in Johns Büro und murmelte, es gehe ihr nicht so gut.

John sah auf. „Was ist mir dir, warum geht es dir nicht gut?", fragte er besorgt lächelnd. Sie lächelte zurück. Ich habe einen heftigen Kater, dachte sie. „Nichts Schlimmes, mir ist nur etwas mulmig. Ich gehe früher nach Hause, okay?"

Auf Johns Stirn bildete sich wieder diese Falte, die so neu war, dass sie Caro immer noch irritierte.

„Soll ich dich fahren?", fragte er.

„Quatsch, ich nehme das Rad."

Er schaute noch immer besorgt. Sie lächelte ihm kurz zu, dann ging sie zu Martha, um sich auch bei ihr abzumelden.

Zuhause gab es weder eine Karte noch eine Nachricht auf dem AB und schon gar nicht stand er mit Blumen vor ihrer Tür. War ja auch Quatsch, er wusste, dass sie nie vor sieben Feierabend machte. Vor acht würde er sich nicht trauen, sie spontan zu besuchen. Sie nahm eine Dusche und setzte sich mit einer Zeitschrift auf die Terrasse, konnte sich aber kaum auf das konzentrieren, was es darin zu lesen gab. Hunger hatte sie keinen. Um zehn pustete sie frustriert alle Kerzen aus und ging ins Bett, schlafen konnte sie allerdings nicht. Der nächste Tag war nicht viel besser. Keine Mail, kein Anruf, nichts. Caro konnte sich kaum auf ihre Arbeit konzentrieren, schnauzte ihre Mitarbeiter an, die sich über ihre schlechte Laune nur wundern konnten, war sie doch sonst immer die ausgeglichene, freundliche Chefin. Selbst John machte einen Bogen um sie, ohne zu fragen, was eigentlich los war mit ihr.

Und heute also die WhatsApp.

Hi Caro, heute Abend um acht beim Italiener gegenüber der Agentur?

Was bildete sich dieser Kerl eigentlich ein? Dass sie nur darauf wartet, mit ihm einen Abend verbringen zu dürfen? Haha! Sie entschied, ihm nicht zu antworten. Zwei Stunden hielt sie durch. Dann schrieb sie zurück.

Heute Abend geht es nicht, morgen vielleicht, melde dich doch noch mal. Gruß Caro

Soviel Restwürde war ihr immerhin geblieben. Auch wenn sie alle drei Minuten ihr Handy nach eine Antwort von ihm checkte, er antwortete erst am nächsten Morgen.

Hi Caro, klappt es heute Abend?

Sie ließ ihn drei Stunden warten, dann antwortete sie nach einigen Überlegungen. Der Italiener gegenüber der Agentur kam auf keinen Fall in Frage. Was, wenn

John länger arbeitete und sie beide dort sehen würde?

Hi Ben, klappt heute Abend. Aber ich habe keinen großen Hunger. Hast du eine andere Idee?

Mensch, Caro, wie durchsichtig ist das denn bitte?, fragte sie sich. Aber, nun ja, die WhatsApp war raus, also nicht mehr rückgängig zu machen.
Seine Antwort kam prompt und war nur ein Wort lang.

Kino?

Kino? Hallo! Wollte der Typ sie verarschen? Was ging hier überhaupt ab, verdammt.
Sie schrieb.

Kino ist keine schlechte Idee, ich hab aber noch eine bessere. Um acht bei mir?

Keine Antwort, über eine Stunde. Dann kam seine Nachricht.

Okay, um acht bei dir. Freu mich!

Ein aufgeregtes Kribbeln machte sich in ihr breit beim Gedanken an den vor ihr liegenden Abend. Wie beim ersten Mal zog sie sich betont unauffällig an. Keine aufreizende Wäsche, kein übertriebenes Makeup. Er sollte nicht das Gefühl bekommen, dass sie nur auf einen zweiten Besuch von ihm gewartet hatte. Als es klingelte, fuhr sie erschrocken zusammen. Sie spürte ihr Herz bis in den Kopf, als sie zur Tür ging. Was war nur los mit ihr?

„Hey Caro." Er grinste und überreichte ihr eine Flasche Sekt.

„Hey Ben, komm doch rein." Er gab ihr keinen Kuss, was sie irgendwie komisch fand.

„Wow, was für ein Ausblick - hatte ich schon fast wieder vergessen." Wie kann man diesen Ausblick vergessen?

„Willst du ein Glas Wein oder sollen wir den Sekt trinken?"

„Der Sekt ist kalt."

„Also Sekt?"

„Also Sekt!" Er sah weiter hinunter auf die Stadt und ließ sie die Flasche öffnen. Irgendwie benahm er sich komisch. Sie ging mit zwei Gläsern zu ihm.

Er prostete ihr zu. „Auf dich, Schönheit!"

Sie lächelte ihn an. „Hast du Hunger?"

Er lächelte zurück. „Ja, sehr sogar, wenn ich ehrlich bin."

„Okay, dann mache ich uns Nudeln, einverstanden?" „Gerne, soll ich was helfen?"

„Nee, aber du kannst mir in der Küche Gesellschaft leisten." Sie hatte absolut keinen Hunger.

„Wie ist es dir ergangen?", fragte sie ihn in der Küche.

„Gut, wieso?"

„Ähm, nur so, war einfach eine Frage."

„Ach so, und dir?"

„Auch gut." Lügnerin! „Kannst ja schon mal den Tisch decken, Ben."

„Okay, auf der Terrasse?"

Sie nickte, während sie Tomaten pürierte. Er machte ein paar Schranktüren auf und fand, wonach er suchte. Klappernd balancierte er Geschirr und Besteck auf die Terrasse und blieb dort.

„Ben?"

„Ja?"

„Bleibst du da draußen?"

„Ja, wenn das okay ist?"

Was geht hier eigentlich ab? „Klar." Ruhig Blut, Caro. Er ist unsicher, das ist in der Situation doch kein Wunder. Woher soll er wissen, was du fühlst? Er kann ja schließlich keine Gedanken lesen.

„Weiterhin Sekt oder lieber Wein zum Essen?" Sie sah ihn fragend an, während sie die dampfende Schüssel auf den Tisch stellte.

„Hm, was meinst du?"

„Ich glaube, Wein passt besser."

„Also gut, dann trinke ich auch Wein."

Sie holte Gläser und eine Flasche aus der Küche. Er sah immer noch fasziniert auf die Stadt hinunter.

„Setz dich doch. Ich dachte, du bist hungrig."

„Wie ein Wolf." Er grinste sie an, sie konnte seinen Blick nicht richtig einordnen. Ihr fiel kein Gesprächsthema ein, also verlief das Essen auf komische Art schweigsam.

„Schmeckt super, du bist echt eine gute Köchin." Er sah ihr tief in die Augen. Na also, geht doch. „Nudeln mit Soße sind nun nicht gerade ein Herausforderung", lachte sie.

Er schwieg wieder.

„Ich habe nachgedacht, Caro", sagte er nach einer Weile.

Was kam nun?

Sie sah ihn an. „Worüber denn?"

Er wirkte total verlegen. Würde er ihr jetzt sagen, dass er viel zu jung für sie sei, dass der Abend mit ihr ein Fehler gewesen war? Und - Masterfrage - wie sollte sie darauf reagieren? Sie schob ihre Hände unter den Tisch, damit er das Zittern nicht bemerkte.

Er räusperte sich, sie hielt den Atem an. „Ich hab mich in der Agentur echt wohl gefühlt, Caro. Aber ... ich glaube ..."

„Was glaubst du, Ben?" Zitterte ihre Stimme etwa?

Er richtete sich auf und sah ihr fest in die Augen. „Tut mir echt leid, Caro. Aber ich glaube, Eventmanagement ist doch nicht das Richtige für mich."

Sie lachte laut auf. Es war ihr fast vor sich selber peinlich, wie erleichtert sie war. „Das muss dir doch nicht leid tun, Ben."

„Aber du hast dir so viel Mühe gegeben. Ich durfte das Festival mit planen und so."

„Und, hat dir doch Spaß gemacht, oder?"

„Ja klar, total."

„Na, dann ist doch alles okay."

„Du bist nicht sauer?" „Hallo! Warum soll ich sauer sein, bitte?"

Sie strich ihm kurz über die Hand, er ergriff sie und hielt sie fest, dann sah er ihr wieder in die Augen.

„Da bin ich erleichtert, ehrlich."

„Komm schon, Ben, du hast dir deshalb doch nicht ernsthaft Gedanken gemacht?"

„Albern, oder?" Er grinste.

Sie drückte seine Hand. „Total albern!"

Als er ihre Handinnenfläche küsste, lief ein wohliger Schauer über ihren Rücken. Jetzt würde sie definitiv keinen Bissen mehr runter bringen.

„Und was wirst du stattdessen machen? Bist du schon entschieden?", fragte sie ihn lächelnd, noch immer seine Hand haltend.

„Wir wollen Sport und …" Er stockte und wurde rot. „Wer ist denn wir?" Sie bemühte sich um eine gleichgültige Stimme, hörte aber selber, dass sie eifersüchtig klang. Hatte er eine Freundin, von der sie nur nichts wusste? Vielleicht hatte er sich deshalb nicht sofort wieder bei ihr gemeldet? Aber wäre er dann hier bei ihr?

„Ein paar Kumpels und ich", sagte er, lächelte ihr zu, ließ ihre Hand los und aß weiter.

***

Irgendwas stimmte nicht. Marie ließ ihr Rad auf den Rasen fallen und lief zum Haus. Sie wäre fast mit dem Notarzt zusammen gestoßen, als sie, drei Stufen auf einmal nehmend, die Treppe hochraste.

„Nana, junge Frau, nicht so stürmisch."

„Was ist hier los?" Sie schrie fast.

„Keine Panik, alles halb so wild. Nur ein kleiner Schwächeanfall." Der Arzt klopfte Marie auf die Schulter.

„Wirklich alles halb so wild", wiederholte er und sah ihr aufmunternd in die Augen. Dann ging er eilig zum Rettungswagen, der direkt vor dem Haus stand. Vielleicht wartete schon der nächste Notfall auf ihn. Marie stürmte ins Wohnzimmer, ihre Mutter lag auf der Couch, sie sah sehr blass aus. Die Wanduhr tickte lauter als sonst, jedenfalls kam ihr das so vor.

„Was ist passiert?"

Ihr Vater sah sie an. „Nur ein Schwächeanfall, sagt der Arzt." Irgendwie wirkte er verlegen.

Marie setzte sich zu ihrer Mutter auf die Couch und nahm ihre Hand. „Was ist los, Mama?"

„Wirklich nichts schlimmes, Kleine, mach dir bitte keine Sorgen." Ihre Mutter sah nicht nur blass, sondern auch müde aus, sehr müde.

„Hey, ich bin kein Baby, Mama, also sag schon. Bist du krank?"

„Sag du es ihr, Konstantin."

„Nicht jetzt, Tania, das hat doch Zeit."

In Maries Kehle schnürte sich was zusammen, sie fing an zu zittern. Diese Scheißwanduhr wurde immer lauter.

Ihr Vater setzte sich zu ihr und nahm sie in den Arm. „Deine Mutter ist nur ein bisschen traurig."

„Aber warum denn?" In ihrer Kehle wurde es noch enger. War vielleicht jemand gestorben? Oma oder Opa?

„Weil ..." Er sah auf den Boden und sagte nichts.

„Weil dein Vater uns verlassen wird."

„Tania! So ist das doch gar nicht." Ihr Vater stand auf und lief im Wohnzimmer auf und ab.

„Und wie ist es dann?", fragte ihre Mutter. Sie klang bitter.

Marie sah von ihrer Mutter zu ihrem Vater, dann sprang sie auf. „Spinnt ihr jetzt total?"

Sie holte ihr Handy raus und schrieb mit zitternden Fingern eine WhatsApp an ihre Brüder. Sie musste mehrmals löschen und neu beginnen, bis der Satz wie gewünscht dort stand.

Kommt! Sofort! Nach! Hause!

„Was gibt es denn so Wichtiges?", fragte Lucas, während er lachend mit Benjamin ins Wohnzimmer kam. Sie waren beide zur gleichen Zeit auf ihren Rädern zuhause angekommen.

Er bekam keine Antwort.

Ben sah zu seiner Mutter. „Warum liegst du denn auf dem Sofa, bist du krank, Mama?"

Sie sah ihn schweigend an und ihm wurde kalt.

„Was ist hier los?", fragte er mit bebender Stimme.

„Der Notarzt war da", antwortete Marie für ihre Mutter. „Es war wohl ein Schwächeanfall."

Marie sah aus, als hätte sie geheult. Irgendwas stimmte hier ganz und gar nicht.

„Was geht hier eigentlich ab?", fragte Ben in die Runde.

„Papa will uns verlassen!"

„Marie, das stimmt so doch gar nicht!"

Marie lief auf und ab, während Ben und Luc da saßen wie festgewurzelt.

„Du hast natürlich eine andere, oder, Papa?" Sie sah ihren Vater wütend an. „So ist es doch immer. Und - lass mich raten - sie ist zufällig eher in meinem als in Mamas Alter, stimmt´s?" So zynisch hatte sie noch nie geklungen. Ihr Vater zuckte zusammen. Marie sah zu ihren Brüdern. „Habt ihr vielleicht auch eine Meinung oder muss ich das hier alles alleine regeln?"

Benjamin sah seinen Vater an. „Vielleicht kannst du uns mal erklären, was eigentlich Sache ist, Papa."

„Also es ist so. Eure Mutter und ich, wir haben uns irgendwie ... auseinander gelebt."

Tania lachte bitte auf.

Ihr Mann sah sie an. „Tania, bitte, das müssen wir zwei miteinander klären."

„Moment mal, Papa. Das geht uns alle an", mischte Lucas sich ein. „Du willst also einfach abhauen, kapier ich das richtig?"

„Das ist doch Quatsch, Luc. Ich bin und bleibe euer Vater."

111

„Na super, vielen Dank auch!", schnaubte Lucas.

Ben tigerte ratlos durch das Wohnzimmer und sah von seiner Mutter zu seinem Vater. Ihm war überhaupt noch nie der Gedanke gekommen, dass in seiner eigenen Familie etwas nicht stimmen könnte.

Er setzte sich zu seiner Mutter und legte einen Arm um sie. „Und wie geht es dir mit der Situation, Mama?"

Tania versuchte zu lächeln. „Nicht so toll, kannst du dir ja vorstellen."

Dann nahm er ihre Hand. „Deine Hand zittert ja total."

„Ich bin wohl etwas nervös, Ben."

Tania Peters fühlte sich wie in einem Film. Dass sie ins Klimakterium kam, wie Claudi ihr prophezeit hatte, war nicht mehr zu leugnen. Dem einen Schweißausbruch waren weitere gefolgt. Es verging keine Nacht mehr, in der sie nicht mindestens einmal schweißgebadet und voller Panik erwachte. Ihre Stimmung schwankte ständig zwischen einer diffusen Antriebslosigkeit und Resignation. Einem Gefühl, das ihr noch vor einem halben Jahr völlig fremd gewesen war. Und nun brach auch noch ihre Familie auseinander.

Ziemlich schlechter Film, wenn man es genau nimmt.

„Mensch, ist es schön, dich wieder zu sehen, wir haben uns echt sträflich vernachlässigt." Laura Paulsen sah ihre Freundin an. „Du siehst toll aus."

„Danke, ich fühl mich auch toll."

„Gibt es da was, was deine gute alte Freundin wissen sollte?" Laura grinste und lehnte sich entspannt zurück, während der Kellner die Pizzen brachte.

Mädelsabend, endlich mal wieder!

„Es gibt da einen Mann ..."

„Yes! Endlich! Das wurde aber auch Zeit. Wer ist es?"

Caro wurde rot, dann lachte sie verlegen. „Mann ist fast ein bisschen zu viel gesagt, er ist noch ziemlich jung."

Laura grinste. „Willkommen im Club."

„Wieso willkommen im Club?"

„Ich treffe mich auch gerade mit einem ziemlich jungen Typen. Aber egal. Erzähl, wer ist es?"

„Er heißt Ben, war mein Praktikant und ist der süßeste Typ, der mir die letzten Jahre über den Weg gelaufen ist."

„Dein Praktikant? Oha, und was sagt John dazu?"

„Den geht das schon lange nichts mehr an."

„Er weiß es nicht, hab ich recht?"

„Er weiß es nicht, stimmt."

„Und ist es ... ich meine ... es ist nichts Ernstes, oder? Mit diesem Ben, meine ich?"

„Nicht wirklich. Der Typ ist zehn Jahre jünger als ich. Aber er ist so ..."

„So?" Laura grinste. „Nun erzähl schon."

„Er ist so süß. Und zärtlich. Und es ist toll mit ihm im Bett."

„Oha, du bist verknallt."

„Quatsch."

„Ich weiß es immer schon, bevor du es weißt. Mir kannst du nichts vormachen."

„Ich weiß nicht, das ist nichts, was auf die Dauer gut gehen kann."

„Und wie sieht er das?"

Caro zuckte mit den Schultern. „Keine Ahnung." Laura sah ihrer besten Freundin in die Augen. „Genieß es einfach."

Caro grinste. „Genau das ist mein Plan."

***

Eine Woche nach der großen Offenbarung hatte Konstantin seine Sachen gepackt und war - übergangsweise, wie er sagte - in eine kleine Wohnung in die Stadt gezogen. Es hatte Tania ihre ganze Kraft gekostet, ihn nicht anzuflehen, bei ihr zu bleiben. Marie wich die ganze Zeit nicht von ihrer Seite, am Tag seines Auszugs. Die Kraft ihrer Tochter übertrug sich wie durch Magie auf sie selber. Nachdem ihr Mann seine Siebensachen ins Auto geladen hatte, war er zu ihnen in die Küche gekommen.

„Also, ich fahr dann mal."

Sie hatte ihn nicht angesehen, genau wie Marie.

Das Schweigen war erdrückend gewesen.

Konstantin hatte verlegen von ihr zu Marie geschaut.

„Nun macht es mir doch nicht so schwer."

Da war Marie der Kragen geplatzt. „Wir machen es dir schwer? Hast noch alle Tassen im Schrank, oder was?"

„Marie, rede nicht in dem Ton mit mir!"

„Ich rede mit dir, wie ich will, du Arsch."

„Marie!"

„Hau doch endlich ab, verdammt! Wir brauchen dich jedenfalls nicht!"

Er hatte noch eine Weile unschlüssig in der Küche gestanden, dann war er ohne ein weiteres Wort gegangen. Tania fühlte sich so leer wie noch nie in ihrem Leben. Zu allem Überfluss stieg schon wieder diese schreckliche Hitze in ihr auf. „Ich weiß nicht, wie ich ohne ihn weiterleben soll, Marie", schluchzte sie trocken.

„Wir kommen auch gut ohne ihn zurecht, Mama, wirst schon sehen. Luc und Ben sind ja auch noch da."

„Wo sind die eigentlich?"

„Abgehauen, diese Feiglinge. Wollten den Abschied von Papa nicht miterleben."

Sie hatten noch eine Weile zusammen gesessen und als Marie in ihrem Zimmer verschwunden war, hatte Tania nachgedacht. Stundenlang.

Wie ein Film waren die vergangenen Jahre vor ihrem inneren Auge abgelaufen. Es waren gute Jahre gewesen. Jedenfalls überwiegend. Da sie eine sehr attraktive, junge Frau gewesen war, hatte es an Dates mit interessanten Männern nicht gemangelt - und das hätte gerne noch ein paar Jahre so weitergehen können. Die Tatsache, dass sie Medizin studierte, tat ihr Übriges. Wie sehr hatte sie das Aufblitzen in den Augen ihrer Bewunderer genossen, wenn sie nach ihrem Beruf fragten und die Antwort bekamen. Eine schöne Frau, die dazu noch so klug war, dass sie Medizin studieren konnte!

Während einer ihrer Semesterferien - sie hätte dringend fürs Physikum lernen müssen, hatte aber absolut keine Lust dazu - war sie mit einer Freundin nach Holland gefahren. Ausspannen am Meer.

Claudi, die wesentlich ehrgeiziger war als sie, blieb zurück und lernte. Die Freundin, Annegret, die sich für ein Sozialpädagogikstudium entschieden hatte, um *möglichst viel an Baggerseen rumhängen zu können*, fuhr eine alte Ente, damals schon ein Auslaufmodell und in manchen Kreisen Kult. Tania, Annegret und Emma - so hieß die Ente - machten sich auf den Weg von Hamburg an die holländische Nordseeküste. Sie zuckelten gemütlich an der Küste entlang und landeten nach acht Stunden in Amsterdam, wo sie die ersten zwei Tage verbringen wollten.

Heute würde man über die Autobahn brettern, nichts von der Gegend mitkriegen, wäre dafür aber in vier Stunden da.

In Amsterdam gingen sie kichernd durchs Rotlichtviertel und bestaunten die Nutten, die in den Schaufenstern saßen wie ausgestelltes Konfekt in einer Konfisserie, rauchten in einem Coffeeshop einen legalen Joint und ließen es sich ansonsten gut gehen. Da beide aus gutem Hause kamen - Blankenese, mehr muss man nicht sagen - spielte Geld eine untergeordnete Rolle. Sie schliefen trotzdem in einer Jugendherberge - des Feelings wegen. Sie machten eine Grachtenrundfahrt, besuchten ein paar Kirchen - der Bildung wegen, tanzten die zwei Nächte durch - des Spaßes wegen, und fuhren dann weiter. Das Wetter war perfekt. Blauer Himmel, angenehme vierundzwanzig Grad und eine wohlwollende Sonne, die ihnen durch das offene Verdeck auf die Köpfe schien.

An der Küste angekommen erlebten sie den ersten, kleinen Schock. Alles ausgebucht! Weit und breit kein freies Zimmer in Sicht. Das *Feeling* der Jugendherberge hatten sie ja schon in Amsterdam gehabt.

Versiffte Betten, unsaubere Klos und verstopfte Duschen, in denen man mit den Füßen in einer bräunlichen Schaumsoße des Vorduschers stand. Die halbe Fahrt hatten sie damit zugebracht, sich ein schönes, sauberes Hotelzimmer auszumalen.

Daran war aber nicht zu denken, denn es war Hochsaison und jeder, der es sich leisten konnte, machte Urlaub am Meer. Holländer, Belgier, Deutsche, Dänen, sogar ein paar Schweizer.

Sie gingen zur Touristeninformation, wo man ihnen nur bestätigte, was ohnehin offensichtlich war. Die gesamte holländische Küste war ausgebucht. Dem Rat des freundlichen Mannes in der Information, weiter ins Landesinnere zu fahren, wollten sie nicht folgen, da kamen sie ja schließlich gerade erst her. Der Mann war riesenhaft groß, strohblond und hatte einen lustigen Akzent, über den sich die zwei Freundinnen kaputt lachten, sobald sie wieder alleine waren. Im Laufe des Urlaubs wurde ihnen allerdings klar, dass das keineswegs ein Akzent gewesen war, sondern schlicht und einfach Holländisch. Was für eine ulkige Sprache!

Tania und Annegret beschlossen, sich um die fehlende Unterkunft keine großen Sorgen zu machen und erst einmal schwimmen zu gehen. Die Nordsee war, was die Nordsee nun mal ist: Arschkalt und voller Quallen. Egal.

Duschen, um sich das Salzwasser wieder abzuspülen, gab es am Strand keine. Dafür umso mehr Urlauber. Und jede Menge nerviger Kinder. Tania hatte

118

sich lange, einsame Sandstrände vorgestellt, an denen sie mit der Freundin oder auch alleine kilometerweite Spaziergänge unternehmen würde. Aber überall: Kinder!

Sie legten ihre Handtücher in den Sand, der ziemlich bald überall auf der Haut und in den Haaren war, und ließen sich die Sonne auf den Bauch scheinen. Neben ihnen machte sich eine Gruppe junger Männer wichtig. Sie grölten laut rum, spielten mit viel Tamtam Fußball und schossen den Ball immer mal wieder gewollt - so schien es jedenfalls - in Richtung von Tania und Annegret. Irgendwann bekam Tania den Ball an den Kopf. Ziemlich heftig sogar. Sie sprang auf und ließ eine Schimpfkanonade in Richtung der affigen Männerrunde los.

Einer von ihnen kam auf sie zu, entschuldigte sich und fragte grinsend, womit er dieses Missgeschick wieder gutmachen könne.

„Wenn du uns ein Hotelzimmer besorgst, sind wir quitt", antwortete Tania genervt. Sein Grinsen verstärkte sich, dann machte er eine theatralische Verbeugung und sagte: „Ganz ihr Diener, Gnädigste." Tania sah ihre Freundin mit rollenden Augen an und wandte sich ab.

Aber wie sich rausstellte, war der fußballfreudigen Männerrunde ein Kumpel abhandengekommen. Beinbruch und ab nach Hause. Sein Zimmer in einem Ferienhaus, das sie komplett gemietet hatten, war frei.

Und so kam es, dass Tania und Annegret in das Ferienhaus zogen. Und zwar mehr als für eine Nacht, wie sie es anfangs vorgehabt hatten.

Die Männer, die eigentlich noch Jungs waren, entpuppten sich als weniger dämlich als vermutet. Sie waren einfach anders als sie. Maschinenbaustudenten aus Süddeutschland, was willst du da verlangen? An ihrem ersten Morgen im Haus begrüßte sie ein gedeckter Frühstückstisch, sogar eine kleine Vase mit Blumen stand dort. Der Typ, der Tania den Ball an den Kopf geschossen hatte, schenkte Kaffee ein und Tania bemerkte zum ersten Mal sein nettes Lächeln.

Drei Wochen später - es waren drei wirklich tolle Wochen gewesen - fuhr sie mit Annegret und Emma zurück nach Hamburg.

Konstantin Peters, den unverbindlichen Urlaubsflirt und Maschinenbaustudenten aus Stuttgart, ließ sie zurück. Mit nahm sie Zwillinge, Lucas und Benjamin. Nur wusste sie das zu dem Zeitpunkt noch nicht.

Wieder zu Hause ging Tania zunächst unbekümmert ihren Dingen nach. Uni, Eltern, Freundinnen. Die ausbleibende Periode nahm sie nicht wahr. Man kann sich ja schließlich nicht um alles kümmern. Als ihr endlich dämmerte, dass sie ein Problem hatte, waren drei lange, sehnsuchtsvolle Briefe von Konstantin gekommen und unbeantwortet geblieben.

Aber jetzt wendete sich das Blatt.

Sie war schwanger! Verfuckt schwanger!

Sie heulte drei Tage, dann rief sie die Nummer an, die der *unverbindliche Urlaubsflirt* aus Holland ihr gegeben hatte. Konstantin war hocherfreut, endlich von ihr zu hören und gewillt, sie sofort zu besuchen. Von der Schwangerschaft sagte sie nichts.

Sie trafen sich in einem Café an der Außenalster und Tania hatte das Gefühl, einem völlig Fremden gegenüber zu sitzen. Er sah so gut aus, wie sie ihn in Erinnerung hatte, wirkte aber viel ernster als im Urlaub - und er schwäbelte, ganz schlecht! War ihr das im Urlaub nicht aufgefallen oder hatte sie das einfach verdrängt?

Nach dem Date traf sie sich mit Claudi und besprach die Möglichkeiten und Konsequenzen eines Schwangerschaftsabbruchs. Claudia Brettschneider, stramme Katholikin, erinnerte sie daran, dass sie Medizinstudentin sei und Leben schützen müsse. Und dass sie ja wohl wisse, dass ein Abbruch einem Mord gleich käme. So eng sah Tania das zwar nicht, aber ganz ohne Skrupel war auch sie nicht. Deshalb entschloss sie sich zu einem weiteren Treffen mit Konstantin in Stuttgart. Sie wollte sehen, wie er lebte, und rausfinden, was für einen Background er hatte.

Der Mann, den sie in Stuttgart traf, überraschte sie positiv. Er holte sie mit einem schicken Cabrio vom Bahnhof ab, hatte eine eigene Wohnung, die geschmackvoll eingerichtet war, kochte für sie ein Essen, das man durchaus essen konnte, und in seinem Bücherregal stand so mancher Roman, den auch sie gelesen hatte. Er war charmant, sein schwäbisches

Idiom hielt sich in Grenzen und nach dem Essen landeten sie zusammen im Bett.

Ich müsste mein Studium aufgeben, dachte sie nach dem Sex - und den Gedanken fand sie durchaus angenehm. Als Konstantin sie am nächsten Morgen zum Bahnhof brachte - sie hatte eigentlich gar nicht übernachten wollen - war er noch immer ahnungslos, was ihren Zustand anging, aber schwer verliebt. Tania war sich über ihre Gefühle nicht im Klaren. Die gesamte Zugfahrt dachte sie darüber nach, ob sie sich diesen fremden Mann als Partner an ihrer Seite vorstellen könnte. Heiraten würde sie natürlich nicht, das wäre ja oberspießig. Aber ein Kind alleine groß zu ziehen war auch kein Spaß. Dass es zwei Kinder sein würden, wusste sie zu diesem Zeitpunkt noch nicht. Ihre Eltern wären auf jeden Fall weniger schockiert, wenn sie zu der Schwangerschaft auch noch einen Mann vorweisen könnte. Einen Maschinenbaustudenten - immerhin. Zu Hause hatte er ihr eine süße Nachricht auf dem Band hinterlassen, sie rief nicht zurück.

Zwei Tage und unzählige Gespräche mit Freundinnen später, stand ihr Entschluss fest. Sie würde Konstantin die Situation erklären und schauen, wie er darauf reagiert. Dann sah man weiter. Noch war es nicht zu spät für einen Abbruch.

Am darauf folgenden Wochenende fuhr sie erneut nach Stuttgart. Es war ein schöner Spätsommertag, die Sonne stand flach über den diesigen Hügeln, die ersten Blätter begannen sich rot zu färben. In Hamburg war sie bei Nieselregen und dreizehn Grad in den Zug gestiegen, hier war es noch richtig warm. Tania fand die Stadt und die Landschaft durchaus reizvoll. So ganz anders als Hamburg. Sie schlenderten gemeinsam durch den Schlosspark, während sie ihrem klopfenden Herzen zuhörte. Wie würde Konstantin auf die Nachricht reagieren?

Nachdem sie sich auf eine Bank gegenüber der Oper gesetzt hatten, nahm sie ihren gesamten Mut zusammen.

„Wir müssen etwas besprechen, Konstantin."

Er sah sie fragend an. „Was willst du denn besprechen?"

Sie errötete leicht, dann sah sie an ihm vorbei zu dem Eingang der Oper. Ein Straßenmusikant, dem erstaunlicherweise ein Papagei auf der Schulter saß, stand vor dem großen alten Gebäude und spielte eine bekannte Melodie auf einem billigen Saxophon. Tania kam nicht drauf, um welche Melodie es sich handelte.

Sie holte tief Luft. „Ich bin schwanger. Das muss in Holland passiert sein." Ihr wurde die Absurdität ihrer Aussage bewusst. Nach Holland fuhr man, um Kinder los zu werden, nicht, um welche zu bekommen.

Er sagte nichts.

Ihr Blick war noch immer stur auf das Opernhaus gerichtet. „Es ist natürlich noch nicht zu spät für einen Abbruch ..."

„Scheiße!" Er klang wütend. Sie sah ihn endlich an, er wirkte eher verwirrt als wütend.

„Wie gesagt, es ist nicht zu spät, ich wollte nur, dass du das mit entscheidest."

„Na, vielen Dank auch."

Sie sah ihm in die Augen. Zum ersten Mal fielen ihr die kleinen, grauen Pünktchen auf, die dem Blau seiner Augen etwas Interessantes gaben.

„Wäre es dir lieber gewesen, wenn ich nicht mit dir geredet hätte?"

„Allerdings, da kannst du Gift drauf nehmen." Er stand auf und ging zu dem künstlichen Teich, der vor der Oper angelegt worden war. Sie sah auf seinen schmalen Rücken und wusste nicht, was sie fühlte. Wollte sie, dass er sich freut?

Nach einer Weile kam er zu ihr zurück. „Ich bringe dich zum Bahnhof."

Sie lächelte unsicher. „Ich bin aber gerade erst gekommen."

„Ich muss nachdenken, okay."

Ich auch, dachte sie. „Zum Bahnhof finde ich auch alleine, danke." Sie stand auf und ging ohne weiteren Gruß.

Auf dem Weg zurück nach Hamburg war sie verwirrter als eine Woche zuvor. Was sollte sie jetzt nur tun?

Drei Tage später rief Konstantin sie an und sagte, er wolle das Projekt mit ihr zusammen durchziehen. Sie konnte nicht mal lachen.

Als *das Projekt* in Form von zwei zauberhaften Jungs das Licht der Welt erblickte, war Tania allerdings glücklicher, als sie sich vorgestellt hatte. Sie war zu

Konstantin nach Stuttgart gezogen, weil er nicht einfach innerhalb des Semesters die Uni wechseln konnte. Außerdem wollte sie einen Tapetenwechsel, mal eine andere Gegend kennenlernen. Und der überfürsorglichen Mutter entfliehen. Zurückziehen konnte sie ja immer.

Tania gewöhnte sich schnell an das gemeinsame Leben, auch wenn sie ihre norddeutsche Heimat vermisste. Vor allem mit der schwäbischen Sprache hatte sie schwer zu kämpfen. In den ersten Jahren wurden sie von den Eltern finanziell unterstützt, so dass es auch keine größere Schwierigkeit darstellte, dass Tania zwei Jahre später wieder schwanger wurde und Marie auf die Welt kam. Damit war die Familienplanung allerdings abgeschlossen, wie sie für sich entschied.

Ihre beste Freundin Claudi war für den praktischen Teil ihres Medizinstudiums in die Nähe gezogen, litt allerdings wesentlich mehr unter den *Scheiß-Schwaben*, als es Tania in den ersten Jahren getan hatte. Konstantin zog sein Studium im Eiltempo durch und legte eine steile Karriere hin. Schon nach einigen Jahren hatte Tania das, was sie nie hatte haben wollen. Eine spießige, kleine Familie mit Haus, Garten, zwei Autos und drei Urlauben im Jahr. Sie war glücklich.

***

Caro setzte sich mit ihrem Tee auf die Terrasse zu der Freundin. Langsam wurde es abends frisch, sie brauchte schon einen warmen Pullover, um noch draußen sitzen zu können. Sie hatte ein paar Kerzen angezündet, die in blauen Gläsern vor sich hin flackerten.

Ben und sie sahen sich regelmäßig und sie war bis über beide Ohren in ihn verknallt. Und ziemlich sicher, dass er ähnlich empfand, auch wenn sie es beide noch nicht ausgesprochen hatten.

„Also, raus mit der Sprache, wo drückt der Schuh?" Laura grinste sie an. In der Ferne sah man den Funkturm leuchten.

Ben hatte ihre Verabredung für den Abend abgesagt, irgendein familiäres Problem. Das war ihr ganz recht gewesen, so hatte sie Zeit zum Nachdenken. Und nachdenken musste sie jetzt sehr gründlich. Denn sie hatte ein Problem. Sie sah ihre beste Freundin an.

„Ich bin schwanger."

„Ach du Scheiße!"

„Weiß nicht."

Laura verschluckte sich fast an ihrem Tee. „Was soll das denn heißen?"

„Ich weiß es schon ein paar Wochen, was ich nicht weiß, ist, wie ich damit umgehen soll."

„Du weißt es schon ein paar Wochen? In welchem Monat bist du denn?"

„Im dritten."

„Dann kannst du noch abtreiben!"

126

„Schon, aber ich weiß nicht, ob ich das wirklich will."

„Mensch, Caro, du hast doch selber gesagt, dass es nichts Ernstes ist mit diesem Ben. Oder will er das Kind etwa?"

„Er weiß es natürlich nicht."

„Natürlich? Was ist daran natürlich? Verdammt, habt ihr denn nicht verhütet?"

„Klar haben wir verhütet, aber diese blöden Präser ... na ja, es ist halt passiert."

„Du musst abtreiben! Sofort!" Laura war aufgesprungen und hätte fast eine Kerze zu Fall gebracht. Caro fing sie in letzter Sekunde auf. „Warum denn?"

„Wie stellst du dir das denn vor, Caro? Ich meine, dein Job, der junge Typ. Da sind doch sämtliche Probleme dieser Welt vorprogrammiert."

Sie schwiegen eine Weile.

„Ich kann das Kind doch alleine großziehen."

Laura lachte, es klang bitter.

„Ich hab genug Geld für eine Kinderfrau. Ich kann im Job kürzer treten. Das lässt sich alles regeln."

„Du musst aber auch daran denken, was du diesem Ben damit antust. Zumindest muss du ihn fragen, ob er das Kind will."

„Was wird er wohl antworten, Laura?"

„Siehst du!"

„Damals, als John unbedingt ein Kind wollte, da kam mir das so absurd vor, wir waren viel zu jung. Aber jetzt ...". Caro sah ihre Freundin an. „Ich will das Kind haben, Laura."

***

Caro hatte sich fest vorgenommen mit Ben zu reden. Laura hatte natürlich recht, eine solche Entscheidung konnte sie nicht einfach ohne ihn treffen.

Sie aßen zusammen, wie immer bei ihr zu Hause. Es war zu kalt, um draußen zu sitzen, aber in ihrer Küche war es auch sehr gemütlich. Sie sah Ben an, er wirkte verwirrt. Ahnte er etwa was?

Caro nahm ihren ganzen Mut zusammen und holte tief Luft. „Ben, ich muss dir was sagen." Sie hielt die Luft an. Ihr Herz klopfte wie irre. Jetzt würde sich gleich ein wesentlicher Teil ihrer Zukunft entscheiden.

Er wirkte noch verwirrter, dann brach es aus ihm heraus. „Bei uns zu Hause ist gerade total die Kacke am dampfen, deshalb bin ich etwas neben der Spur, sorry." Er sah sie entschuldigend an.

„Was ist denn los?" Caro sah ihn fragend an.

„Meine Eltern trennen sich." Er sah aus, als würde ihn das ziemlich fertig machen.

„Scheiße, war das abzusehen?"

„Für mich jedenfalls nicht." Er wirkte jetzt richtig deprimiert.

„Das tut mir leid, Ben. Kann ich irgendwas tun?"

Er grinste. „Du könntest heute Abend mal ganz besonders nett zu mir sein."

Sie grinste zurück. „Bin ich das nicht immer?"

„Bist du." Er nahm ihre Hand und küsste sie. „Lass uns ins Bett gehen, zusammen ein Glas Wein trinken und dreckige Dinge tun, okay?"

Caro lachte. „Keinen Wein für mich, aber dreckige Dinge klingt verlockend." Sie zog ihn ins Schlafzimmer.

„Was wolltest du mir denn eigentlich sagen, Caro?", fragte Ben, als er ihr auf dem Bett das Shirt über den Kopf zog. Seine Stimme war heiser vor Lust.

„Nicht so wichtig", erwiderte sie und konnte ein Stöhnen kaum noch unterdrücken.

Sie würde ein anderes Mal mit ihm reden.

***

Marie sah ihre Brüder an, die nur widerwillig ihrer Einladung in ihr Zimmer gefolgt waren.

„Was gibt's denn?", fragte Luc.

„Irgendwas stimmt mit Mama nicht."

„Na, dass sie die Trennung von Papa mitnimmt, ist nachzuvollziehen", erwiderte Ben.

„Das meine ich nicht." Marie sah zu Ben. „Schaut ihr eigentlich manchmal auch genauer hin?" „Was meinst du denn damit?" Ben setzte sich auf ihr Bett, was ihr überhaupt nicht recht war. Aber es gab auch nicht gerade viele andere Sitzmöglichkeiten in ihrem Zimmer. Den Schreibtischstuhl hatte Luc sich geangelt.

„Sie ist so traurig, das ist doch nicht normal."

„Ist mir auch schon aufgefallen, aber ich dachte, das ist wegen Papa und so." Ben sah sie fragend an.

„Natürlich ist das wegen Papa. Aber wir müssen was tun."

„Was denn?" „Na irgendwas, das sie aufmuntert. Etwas mit ihr unternehmen. In den Zoo gehen oder was weiß ich."

„In den Zoo?" Luc sah sie spöttisch an.

Marie funkelte ihn böse an. „Ja, in den Zoo. Aber das ist für euch natürlich eine überaus absurde Idee, schon klar. Weil ihr zwei ja ausschließlich euch selber im Kopf habt. Oh nee, sorry, euch und Frauen, die man flachlegen kann." „Nicht frech werden, Kleine! Immerhin studieren wir jetzt."

„Nenn mich nicht Kleine, verdammt! Und das, was ihr studieren nennt, nenne ich faulenzen."

Ben stand vom Bett auf. „Lasst uns nicht streiten, wir werden Mama fragen, was wir für sie tun können."

„Hab ich schon. Sie sagt, dass alles in Ordnung ist und ich mir keine Sorgen machen soll. Ich mach mir aber Sorgen."

Ben sah jetzt beunruhigt aus. „Was genau befürchtest du denn, Marie? Ich meine, es ist doch normal, dass sie traurig ist, oder?"

„Sie ist mehr als traurig, Ben. Sie wirkt so deprimiert und antriebslos wie noch nie. Sie sitzt stundenlang vor einer Kaffeetasse in der Küche und starrt die Wand an. Und manchmal …" Marie schwieg.

„Was manchmal?", fragte Ben und sah ihr in die Augen. Er war jetzt wirklich beunruhigt.

Marie sah ihre Brüder an. „Sie war doch immer so eitel, ging nie ungeschminkt aus dem Haus, war ständig beim Frisör. Sah immer top aus."

„Wieso war?" Lucas zog eine Augenbraue hoch.

Benjamin tigerte durchs Zimmer. „Was meinst du denn damit, Marie?"

Marie sah ihn wieder an. „Sie lässt sich so hängen. Duscht tagelang nicht, kümmert sich nicht die Bohne um ihr Äußeres. Läuft in den allerletzten Klamotten rum. Das ist doch total untypisch."

„Das ist nur eine Phase", meinte Lucas.

„Das glaube ich nicht." Sie sah ihren Brüdern in die Augen. „Ich habe ein bisschen im Internet recherchiert, das könnte eine richtige Depression sein."

„Komm, Marie, nun mal den Teufel nicht an die Wand", meinte Lucas.

Ben sah erst sie, dann Lucas an. „Wir werden uns mehr um Mama kümmern, und wenn ihr das hilft, dann gehen wir halt in den Zoo."

Laura hatte kein gutes Gefühl, absolut nicht. Sie sah ihre Freundin an.

„Du bist drüber, oder?"

Caro nickte und rührte in ihrer Tasse. Eigentlich sollte sie keinen Kaffee trinken, aber heute machte sie eine Ausnahme. Der Cappuccino bei Luigi war einfach zu gut.

„Caro! Sag mir jetzt bitte nicht, dass er es immer noch nicht weiß."

Caro nickte wieder.

„Verdammt! Das kannst du nicht machen!"

„Ich konnte nicht mit ihm reden, weil er Stress zu Hause hatte."

„Was meinst du eigentlich, was er für einen Stress bekommen wird, wenn seine Eltern das erfahren."

„Müssen sie ja nicht."

„Caro! Ein Kind ist kein Spielzeug."

„Das weiß ich auch, aber jetzt ist es ja sowieso zu spät."

„Und was willst du jetzt machen? Ich meine, wann gedenkst du es ihm zu sagen?"

„Sei nicht so genervt, Laura!"

„Ich mache mir Sorgen, Caro." Energisch schob sie ihre Espressotasse beiseite.

„Ich werde es ihm gar nicht sagen."

„Was?"

„Ich werde die Beziehung beenden und das Kind alleine bekommen."

„Spinnst du jetzt völlig, oder was?"

„Wieso, das ist doch eine saubere Lösung. Er wird es nie erfahren."

„Träum weiter, Caro!"

Sie schwiegen eine Weile.

Dann sah Laura ihre Freundin an. „Das ist nicht wirklich dein Ernst, oder?"

Caro fing an zu weinen. „Ich weiß nur, dass ich das Kind haben will. Es kommt mir ja selber komisch vor, Laura. Aber da wächst etwas in mir, das leben will. So blöd es sich anhört."

„Hört sich wirklich ziemlich blöd an."

„Ich weiß, aber so fühle ich nun mal."

„Aber, Caro, du kannst dem Jungen diese Information nicht vorenthalten. Das geht einfach nicht. Das ist total unfair."

„Man kann das aber auch anders sehen. Ich verschone ihn sozusagen. Keine Alimente, keine Kuscheltiere zum Geburtstag, kein schlechtes Gewissen, weil er sich nicht kümmert."

„Caro! Das glaubst du dir doch selber nicht. In Wirklichkeit träumst du von einer Familie mit diesem Kind. Diesen zwei Kindern!"

„Das kann ich vergessen, Laura. Ich bin schwanger, nicht blöd. Ben weiß ja noch nicht mal, was er werden will, wenn er mal groß ist." Sie lachte, es klang unglücklich.

„Was ist dieser Ben eigentlich für ein Typ, Caro? Ich meine, eher so jemand, der Verantwortung tragen kann, oder doch mehr der kleine Junge, der nur spielen will."

„Wohl eher letzteres, würde ich sagen."

„Hast du ein Foto von ihm?"

Caro kramte in ihrer Tasche nach dem Handy, öffnete die Aufnahmen, suchte nach einer, auf der Ben möglichst seriös aussah, und gab Laura das Handy. Die begann zu lachen. „Sehr witzig, Caro. Woher hast du denn das Foto?"

„Das hab ich aufgenommen, was soll daran witzig sein?", fragte Caro irritiert.

Laura sah sich das Foto genauer an. „Der Typ sitzt ja auf deiner Terrasse."

„Na und?"

Die Freundin starrte weiter auf das Handy.

Caro wurde kalt. Was ging denn jetzt gerade ab? „Was ist los, Laura?", flüsterte sie mehr als das sie sprach.

„Das ist der Ben, mit dem du dich triffst?" Laura sah sie fragend an.

„Hallo! Wer soll das denn sonst sein?"

Laura schwieg wieder und Caro wurde noch kälter. Eiskalt, um genau zu sein. „Was ist los, verdammt?"

Da endlich sah Laura sie an. „Carolina, das ist nicht Ben."

***

65 Kilo! Marie stieg von der Waage. 65 Kilo! Scheiße! Scheiße! Scheiße!

Sie setzte sich auf die Klobrille und begann zu heulen. Es war einfach zu ungerecht. Sie brauchte ein Stück Kuchen nur anzuschauen, schon hatte sie zehn Kilo mehr auf den Rippen. Ihre Brüder konnten in sich hineinstopfen, was sie wollten, und waren total schlank. Mit super Körpern. Ihr quoll der Bauch über den Hosenbund wie Hefeteig, ihre Beine sahen aus wie übergroße Zucchini mit Dellen und ihr Arsch würde im Wettbewerb um den schönsten Pferdehintern ganz weit vorne liegen. Nur ihre Brüste waren - schlank. Super! Warum war das Leben so verdammt ungerecht?

Sie brauchte einen Diätcoach! Und zwar sofort! Oder sie würde sich zu *the biggest loser* anmelden. Marie grinste ihrem verheulten Gesicht im Spiegel zu. Das würde sie natürlich nicht tun! Zum Affen konnten sich andere machen.

Sie musste mit ihrer Mutter reden, vielleicht konnte die helfen. Die hatte schließlich Medizin studiert. Das war bestimmt was Hormonelles, oder die Schilddrüse. Marie wusch sich das Gesicht, grinste ihrem Spiegelbild noch einmal zu, was etwas schief geriet, ging nach unten und setzte sich ihrer Mutter am Küchentisch gegenüber.

„Ich werde immer fetter!" Sie hätte am liebsten schon wieder geheult. „Das ist bestimmt was Hormonelles,

136

oder?"

Die Mutter schwieg.

„Oder vielleicht habe ich ja was an der Schilddrüse?"
Schweigen.

„Mama!" Marie sah ihre Mutter genauer an und augenblicklich war jeder Gedanke an fette Ärsche und dicke Bäuche verschwunden. Es schnürte ihr die Kehle zu. „Mama, was ist denn los?", flüsterte sie fast, während sie ihrer Mutter sanft über die Wange strich.

„Nichts, Kleine, wirklich." Es war nur ein leises Flüstern. Marie ignorierte das Kleine.

„Mama, bitte rede mit mir!"

Ihre Mutter sah auf, es kam Marie vor, als würde sie durch sie hindurch sehen. Ein kalter Schauer lief ihr über den Rücken.

„Mama", flüstere sie noch einmal.

Ihrer Mutter liefen Tränen über die Wangen, sie sagte kein Wort.

***

Drei Tage hatte die Ungeheuerlichkeit Zeit gehabt, sich in Caros Kopf zu entfalten. Zunächst hatte sie an einen dummen Scherz der Freundin geglaubt.

Das ist nicht Ben, sehr witzig.

„Was meinst du denn damit?", hatte sie gefragt. Und was dann kam, zog ihr komplett den Boden unter den Füssen weg.

„Der Junge auf dem Foto heißt Lucas. Jedenfalls ist das der Name, den er verwendet, wenn er sich mit mir trifft. Ich hab ihn vor einiger Zeit im Cave aufgegabelt."

„Komm, mir ist echt nicht nach Scherzen zumute, Laura."

Die Freundin hatte sie mitfühlend angesehen. „Das ist leider kein Scherz, Carolina. Der Typ scheint auf mehreren Partys gleichzeitig zu tanzen und dabei unterschiedliche Namen zu verwenden."

„Das ist absolut ausgeschlossen!"

„Was weißt du genau über ihn, Caro?"

„Alles."

„Das wohl kaum."

„Ich kenne seinen Namen, ich habe seine Adresse, ich weiß, dass seine Eltern sich gerade getrennt haben. Ich kenne ja sogar sein Zeugnis."

„Wie heißt er mit Nachnamen?"

„Peters."

„Und hat er Geschwister?" „Eine Schwester."

„Na, damit scheint er ja jedenfalls bei der Wahrheit geblieben zu sein."

138

„Laura, das kann einfach nicht sein, du musst dich irren."

„Caro!"

Carolina überlegte fieberhaft. Es musste einfach eine andere Erklärung geben. „Wann hast du dich das letzte Mal mit ihm getroffen, Laura?"

„Samstagabend."

„Das kann nicht sein."

„Caro, sieh den Tatsachen ins Auge."

„Wann genau?"

„Keine Ahnung, so gegen elf haben wir in einer Bar was getrunken und danach sind wir zu mir, er wird gegen zwei oder halb drei gegangen sein. So genau weiß ich das nicht mehr."

Caro atmete erleichtert aus. „Das ist aber gar nicht möglich, Laura. Ben war den ganzen Abend bei mir, bis zum nächsten Morgen."

Laura dachte nach, dann sah sie ihrer Freundin in die Augen. „Entweder, du irrst dich mit dem Tag, Caro, oder es gibt zwei von der Sorte, ganz einfach."

„Ganz einfach? Das wäre ja noch verrückter, als es eh schon ist."

Caro war einen Moment total erleichtert gewesen. „Das gibt es doch nicht, Laura. Ben hat einen Zwillingsbruder und du gehst mit ihm aus. Ich glaub es ja nicht!", hatte sie lachend gesagt.

„Da gibt es aber noch eine nicht ganz unwichtige Frage zu klären, Caro." Laura war ernst geblieben.

Carolina hatte ihre Freundin angesehen.

„Warum wissen wir nichts von einem Bruder?"

„Genau das ist der springende Punkt, Süße!"

139

***

Marie versuchte sich zu erinnern, wann sie das letzte Mal zusammen im Zoo gewesen waren. Das musste Jahre her sein.

Früher, als kleines, zartes, schlankes Mädchen fand sie es im Affenhaus toll, deshalb steuerte sie ihre Familie in diese Richtung. Die Affen wollte sie unbedingt sehen. Sie erinnerte sich noch an ein Orang-Utan-Baby, das sie damals kaum aus den Augen lassen konnte, so süß fand sie es. Die Eltern hatten ihr dann einen Orang-Utan aus Plüsch geschenkt, den sie Karlchen nannte und der noch immer auf einem Regal in ihrem Zimmer saß. Leicht verstaubt allerdings.

Ben und Luc hatten erst gemault, als sie erneut einen Zoobesuch vorschlug, waren aber sofort still, als Marie ihren *ihr-macht-jetzt-sofort-was-ich-sage-Blick* aufsetzte. Sie mussten unbedingt mal wieder was zusammen unternehmen - wegen Mama. Die konnte ein bisschen Abwechslung wirklich gut gebrauchen.

„Schaut mal, es gibt ein Insektarium, das ist neu, oder?", fragte Ben. Er lutschte an einem Eis, das Marie das Wasser im Mund zusammenlaufen ließ. Magnum weiß. Ihr Bruder schien wirklich interessiert an dem Haus der gruseligen Krabbler und steuerte darauf zu.

Ohne sie! Alles, was mehr als vier Beine hatte, war ihr ausgesprochen suspekt. Wenn die Beine dann auch noch behaart waren, erst recht.

„Hey, wir sind sicher nicht hier, um uns Lebewesen anzusehen, mit denen ich mir die Erde lieber nicht teilen würde." Sie ging stur weiter Richtung Affenhaus.

„Wir können ja später noch alleine rein gehen und ein bisschen die Vogelspinnen streicheln", meinte Lucas grinsend.

„Jedenfalls würdest du dann mal was streicheln, das deinem IQ entspricht", erwiderte sie trocken.

Drei Minuten später waren sie am Affenhaus.

Tania Peters fragte sich, was in Gottes Namen sie im Zoo verloren hatte. Sie wollte in ihrer Küche sitzen und die Wand anstarren. Dass sie vor nicht allzu langer Zeit selber noch den Vorschlag eines Zoobesuches gemacht hatte, kam ihr nun völlig grotesk vor. Aber Marie hatte so lange gedrängelt, bis ihr einfach keine Ausrede mehr eingefallen war.

Ben legte seinen Arm um sie. „Es ist toll, mal wieder was zusammen zu machen, Mama. Schade, dass Papa ..." Er verstummte abrupt.

„Du darfst deinen Vater durchaus vermissen, Ben." Sie bemühte sich um einen lockeren Ton, auch wenn ihr das mehr als schwer fiel.

„Tu ich ja gar nicht. Er ist weg und gut ist."

In Wirklichkeit vermissten die Kinder ihren Vater sehr, davon war Tania überzeugt. Alle drei.

Konstantin hatte sich noch kein einziges Mal gemeldet. Jedenfalls nicht bei ihr.

Sie zögerte einen Moment, dann sah sie ihren Sohn an. „Sag mal, Ben, hört ihr von ihm?"

„Von wem?"

„Stell dich nicht doof! Von eurem Vater natürlich."

„Ähm, nö."

„Er hat sich nicht bei euch gemeldet, seit ..." Sie konnte es nicht aussprechen.

„Hat er nicht, aber das ist uns scheißegal, da mach dir mal keinen Kopf, Mama."

Wie schwer es ihm fallen musste, das mit einer solchen Lässigkeit zu sagen. Sie lächelte ihn an und merkte selber, wie müde ihr Lächeln wirken musste.

Im Affenhaus stank es bestialisch. In einem der Käfige saß ein riesiger, alter Gorilla auf seinem Hintern und starrte vor sich hin. Er war ganz allein. Nebenan spielte eine Schimpansendame mit ihrem Nachwuchs. Mit Plastikspielzeug! Dem Schimpansenbaby hatten sie eine Windel angezogen. Kleine Kinder johlten und klopften an die Scheiben, um den Primaten eine Reaktion zu entlocken.

Es war so deprimierend!

Tania ging näher an die Scheibe und sah dem alten Gorilla in die Augen. Zwei pechschwarze Knöpfe blickten teilnahmslos durch sie hindurch. Wenn sich beim Atmen seine Brust nicht heben und senken würde, könnte man ihn für ausgestopft halten.

Du lebst nicht mehr wirklich, dachte sie.

Der Gorilla zog die Nase kraus, so als müsse er niesen.

Ben, Luc und Marie amüsierten sich über das Schimpansenbaby. Der Kleine schwang sich an einem Arm von Hanfkordel zu Hanfkordel, dabei wackelte das Windelpaket lustig von links nach rechts. Die Mutter saß unten und beobachtete ihn, immer auf dem

142

Sprung, um einzugreifen, falls es für Junior zu gefährlich wurde.

Wie ähnlich die Schimpansen uns doch sind, dachte Tania.

Wie schön es wäre, wenn meine Kinder mich noch brauchen würden. Wenn irgendwer mich brauchen würde.

***

„Ich habe nachgedacht, Caro." Laura sah ihre Freundin an. Sie saßen in einem ruhigen, kleinen Café in der Altstadt. Caro vor einem Glas Tee, Laura vor einem Espresso.

Wie viel konnte sie der Freundin zumuten in ihrem Zustand. Und vor allem, wie würde Caro reagieren.

Laura entschied, nicht um den heißen Brei herum zu reden. „Es ist nur eine Theorie, Caro. Aber jetzt, wo ich weiß, dass Luc einen Zwillingsbruder hat, bin ich mir nicht mehr so sicher, ob ich immer den gleichen Mann vor mir hatte."

Caro sah sie verständnislos an. „Wie meinst du das denn?"

„Welchen Grund kann es geben, dass jemand dir von seiner Schwester erzählt und seinen Bruder verschweigt?"

Caro zuckte mit den Achseln. „Keine Ahnung, ehrlich gesagt. Ich stehe vor einem absoluten Rätsel."

Sie hatte noch nicht mit Ben gesprochen, wollte erst mal Klarheit über ihre eigenen Gefühle gewinnen.

Laura sah sie an. „Caro, kann es sein, dass die beiden sich so ähnlich sind, dass man sie nicht auseinander halten kann?"

„Woher soll ich das wissen? Ich kenn diesen Lucas ja gar nicht."

„Genau da bin ich mir nicht so sicher." Laura sah sie an.

Und nun fiel bei Carolina Blumenberg der berühmte Groschen. Sie sah ihre Freundin schockiert an.

144

„Laura! Das ist nicht dein Ernst!"

Die Freundin zuckte mit den Achseln. „Ich weiß keine andere Erklärung, Caro."

Carolina überlegte. „Wenn das stimmt, dann ..." Sie konnte es nicht aussprechen, sie konnte es ja kaum denken.

„ ... dann weißt du nicht, wer der Vater deines Kindes ist", vervollständigte Laura den Gedanken und legte ihre Hand auf die der Freundin.

Caro schüttelte den Kopf. „Das ist unmöglich!"

Wie oft hatte sie diesen Satz eigentlich in den letzten Tagen gesagt oder gedacht?

Laura drückte ihre Hand. „Wir werden der Sache auf den Grund gehen, Caro. Darüber brauchen wir jetzt erstmal Klarheit. Danach sehen wir weiter, okay?"

Caro starrte ihre Freundin an, dann nickte sie.

Später, als Carolina alleine zu Hause war, recherchierte sie im Internet nach eineiigen Zwillingen und was sie erfuhr, war alles andere als beruhigend.

Zwar war sie noch immer davon überzeugt, dass es sich um ein unglaubliches Missverständnis handeln und sich alles schon bald aufklären würde.

Aber wenn Laura recht hatte, dann würde sie niemals herausfinden, wer der Vater ihres Kindes ist.

***

Claudia Brettschneider sah das junge Mädchen an, das ihr aufrecht und mit wachen Augen gegenüber saß. Marie wirkte gefestigt, mit beiden Beinen fest auf dem Boden stehend. Tania hatte sie immer als stark bezeichnet. Trotzdem war sie keine fertige Persönlichkeit, sondern befand sich in einer Phase, in der das Leben leicht sein sollte. Und unbeschwert. Höchstens durch den ersten Liebeskummer eine kurze Weile getrübt. „Sag mir die Wahrheit, Claudi. Was ist mit Mama los?"

Da war eindeutig Angst in den Augen, die Stimme bebte, als würde Marie jeden Moment zu weinen beginnen. „Sie ist fast immer traurig. Aber nicht so, wie man normal traurig ist. Sie starrt die ganze Zeit die Wand an."

Claudia Brettschneider lächelte aufmunternd. „Ich habe sie zu einem Frauenarzt geschickt, damit sie sich Hormone geben lässt. Aber ich weiß nicht, ob sie schon da war."

Marie sah sie erschrocken an. „Was denn für Hormone?"

„Kein Grund zur Beunruhigung", sagte Claudi deshalb schnell. „Deine Mama ist in einer etwas schiefen Gemütslage. Kein Wunder, wenn der Mann abhaut. Da kann der Hormonhaushalt schon mal rumspinnen. Sie braucht einfach etwas, das sie wieder ins Gleichgewicht bringt."

146

„Können wir denn irgendwas tun ... ich meine ...“
Marie zuckte hilflos die Schultern, sie war eindeutig
kurz vorm Heulen.

Claudi sah ihr in die Augen. „Ihr könnt sogar sehr
viel für eure Mutter tun.“ Sie überlegte kurz, wie sie
es formulieren sollte. „Tania braucht jetzt vor allem
stabile Lebensumstände. Viel Zuwendung, das Gefühl, gebraucht zu werden, Liebe. Dass dein Vater
so plötzlich gegangen ist, hat sie aus der Kurve ge-
tragen. Den Verlust solltet ihr ausgleichen. Du und
deine Brüder.“

Maries Augen weiteten sich. „Wie soll das denn gehen? Ich meine, Ben und Luc sind ständig unterwegs
und ich ...“ Sie ließ den Satz unvollendet.

Claudia Brettschneider sah ein kleines, verängstigtes
Mädchen vor sich, das mit der Situation komplett
überfordert war. „Macht einfach ein bisschen mehr
mit Eurer Mutter, das wäre ein Anfang.“

Marie zog nur eine Augenbraue hoch, sagte aber
nichts.

„Weißt du eigentlich, dass ich dich kenne, seit du geboren wurdest?“, fragte Claudia, als sie mit dem
Mädchen im Flur an der Garderobe stand.

„Echt? Nö, das wusste ich nicht.“ Das Kind sah so
verloren aus. Als wäre es gerade erst auf der Erde
angekommen und noch völlig orientierungslos.
Claudi musste an das kleine Wesen denken, das die
junge Frau ihr gegenüber mal gewesen war.

„Ich habe ein Mädchen!“ Tania hatte gestrahlt, als
wäre sie die erste Frau auf der Welt, der dieses Wunder gelungen war. Vor nunmehr sechzehn Jahren

147

und einigen Monaten. Claudi erinnerte sich genau, wie sie ins Krankenzimmer gekommen war, mit einem riesigen Strauß Margeriten. Tania hatte ihre Hand genommen und sie intensiv angesehen.

„Das ist ein ganz großes Wunder!" Sie hatte geleuchtet vor Glück. „Ein Mädchen, Claudi!" Und dann hatte Tania ihre Hand genommen und auf den Kopf des kleinen, verschrumpelten Wesens gelegt. „Du musst mir was versprechen!" Die Freundin hatte sehr energisch geklungen, trotz der Augen, die aussahen, als würden sie überquellen vor lauter Glück.

„Was denn?", hatte Claudi gefragt und Tania hatte ihren Blick ernst erwidert.

„Nun gibt es drei Männer im Haus und dazu kommt dieses zarte, wunderbare, komplett hilflose Geschöpf."

„Na ja, du bist ja auch noch da, oder?" Sie erinnerte sich, dass sie leicht irritiert die Stirn gerunzelt hatte.

„Ja, das bin ich natürlich und ich werde alles dafür tun, dass Marie zu einer klugen und selbstbewussten jungen Frau heran wächst. Und zu einem glücklichen Menschen, das ist das Wichtigste überhaupt."

Die Kleine heißt also Marie, schöner Name.

„Und das wird dir natürlich gelingen, Tania!"

Die Freundin hatte gelächelt. „Vermutlich, Claudi, und du hältst mich jetzt bestimmt für sentimental oder doof oder so."

„Das bist du ganz sicher nicht, also worum geht es dir, Tania?", hatte sie so mitfühlend wie möglich gefragt. Die Freundin hatte Tränen in den Augen gehabt, auch daran konnte sie sich erinnern. Da waren wohl die Hormone noch nicht wieder im Gleichgewicht!

„Claudi, das klingt jetzt vermutlich ziemlich theatralisch. Aber versprich mir, wenn irgendwas mit mir oder der Familie passiert, dass du dich dann um Marie kümmerst!" Tania hatte sie flehend angesehen. „Als eine Art Patentante, Claudi! Versprichst du mir das?"

Sie hatte es versprochen, natürlich. Was sollte denn bitte schön passieren?

Und jetzt sah sie einer jungen Frau in die Augen, auf deren Babykopf ihre Hand gelegen, und um die zu kümmern sie ihrer besten Freundin geschworen hatte. Was konnte sie Marie jetzt mit auf den Weg geben?

Sie sah sie an. „Was sagt denn eigentlich euer Vater zu der Situation, Marie?"

„Woher soll ich das wissen? Ich habe nicht mit ihm geredet."

„Er hat sich nicht bei dir gemeldet?"

„Nicht bei mir, nicht bei Ben, nicht bei Luc. Und bei Mama ganz sicher auch nicht."

„So ein Arsch", entfuhr es Claudi. Dann zog sie entschuldigend die Nase kraus. „Sorry, ich meine nur …"

„Wieso? Du hast ja recht. Er ist ein Arsch."

Claudi nahm Marie in den Arm. Mein Patenkind, dache sie zum ersten Mal in ihrem Leben. „Mach dir nicht so viele Sorgen, Mädchen. Es wird alles gut."

Sie hörte selber, wie hohl ihre Worte klangen.

***

Laura stieg aus der Badewanne, rubbelte sich trocken und begann mit dem, was sie ihren *Aufgeillook* nannte. Sehr provozierende Unterwäsche, aufwendiges Makeup, teures Parfüm, sehr enge Jeans und ein noch engeres Top. Sie föhnte ihre langen, dunklen Haare so, dass sie möglichst voluminös aussahen.

Anschließend sah sie in den großen Spiegel, der im Flur hing. Sie musste lachen, das war eindeutig von allem ein wenig zu viel. Sie wischte sich den roten Lippenstift von den Lippen, bürstete ihr Haar noch mal durch und kickte die hochhackigen Pumps in die Ecke. Jetzt war sie zufrieden mit ihrem Aussehen.

Als es klingelte, machte sich ein angenehmes Kribbeln in ihr breit. Irgendwie fand sie es aufregend, nicht so genau zu wissen, wen sie gleich verführen würde.

Ihr Plan war so einfach wie genial. Ein klitzekleiner Kratzer und sie hätten Klarheit. Sie und ihre beste Freundin. Die überflüssigerweise schwanger war.

„Hallo Fremder." Sie stand in der Eingangstür und war sich ihrer Wirkung sehr bewusst.

Lucas (oder Benjamin?) stutzte einen Moment, als er sie sah. „Wow, schöne Fremde, das ist ja mal ein Auftritt!" Er pfiff durch die Zähne.

Sie lächelte und zog ihn in ihre Wohnung. Schon im Flur zog sie ihn an sich und küsste ihn.

„Ich glaube, wir sollten vielleicht erst mal ...", murmelte er.

Sie sah ihm in die Augen. „Nein, sollten wir nicht."

150

Dann küsste sie ihn wieder, er hatte keine Chance und ließ geschehen, was geschah.

Auf dem Höhepunkt ihrer Leidenschaft, sie waren noch immer im Flur, Laura hatte ihm die Kleider förmlich vom Körper gerissen, grub sie ihre Fingernägel in seinen Rücken, bis er laut aufstöhnte. Ob vor Schmerz oder vor Lust, konnte sie nicht ausmachen.

Es war ihr auch vollkommen egal.

***

Tania Peters wusste, dass sie die Hormontherapie anfangen sollte. Dass es ihr dann besser gehen würde. Aber sie konnte sich einfach nicht dazu aufraffen, ihren Frauenarzt aufzusuchen. Sie konnte sich ja noch nicht mal dazu aufraffen, Claudi anzurufen und sie um das Rezept zu bitten. Sie wollte eigentlich nur noch schlafen. Doch sobald sie sich hinlegte, war sie hellwach. Wenn sie dann wieder aufstand, übernahm die Müdigkeit augenblicklich wieder das Kommando.

Ich bin alt!, tönte es in ihrem Kopf. Tagein, tagaus. Ihr gesunder Menschenverstand kam einfach nicht dagegen an.

Ich bin alt, alt, alt. Unnütz, unnütz, unnütz. Ich werde nicht mehr gebraucht.

Zum ersten Mal seit Jahren dachte sie an die alte Walther ihres Vaters, die sicher verschlossen in einem Waffenschrank, ebenfalls von ihrem Vater, einem passionierten Sportschützen, im Keller lag. Warum hatte sie die eigentlich aufgehoben. Und würde sie dafür noch Munition bekommen? Brauchte man für den Kauf von Munition einen Waffenschein?

Alles Fragen, die Tania sich zum allerersten Mal in ihrem Leben stellte und deshalb natürlich nicht beantworten konnte.

Sie hatte das *Hobby* des Vaters immer abstoßend gefunden und sich mehr als einmal über den Begriff

Sport im Zusammenhang mit Schießen lustig gemacht. Der Vater war darüber sehr gekränkt gewesen.

Nun fand Tania es plötzlich äußerst praktisch, eine Waffe im Haus zu haben.

***

Carolina war erleichtert wie lange nicht in ihrem Leben. Vielleicht wie noch nie.

Nach dem Anruf der Freundin hatte sie sich überhaupt nicht mit Ben treffen wollen. Das war doch alles Wahnsinn.

„Du brauchst Gewissheit, Caro", hatte die Freundin gesagt. „Sonst drehst du noch durch."

Sie wollte keine Gewissheit. Sie wollte es nicht wissen. Wollte nicht, dass diese Ungeheuerlichkeit Wirklichkeit war.

Aber so war es zum Glück nicht. Sie hatte Ben vor sich, wen auch sonst. Er war zärtlich und verliebt wie immer - und sein Rücken unversehrt. Glatt, weiß und schön wie der Rücken eines Babys. Nicht der kleinste Kratzer.

Caro blendete aus, dass dieser glatte Rücken ihr gerade mal eine 50-prozentige Sicherheit gab.

Jetzt werde ich es ihm sagen. Ich muss es tun, ihm endlich reinen Wein einschenken. Ben eine Chance geben, sich mit der Situation vertraut zu machen. Sie strich ihm über die Stirn, sein Haar war auf eine sehr attraktive Art durcheinander vom Sex, er sah unschuldiger aus als ein fünfjähriger Junge.

Ich liebe ihn, dachte sie. Ich werde ein Kind von ihm bekommen.

Sie nahm all ihren Mut zusammen. „Du Ben …"

„Hm?"

„Ich muss dir etwas sagen, das dich vermutlich erst einmal ziemlich schockieren wird."

154

Ihr Herz raste. Wie würde er reagieren? Einfach abhauen? Oder lachen und es nicht glauben wollen? *Oder mich schlagen?* Ihr wurde mit einer verstörenden Klarheit bewusst, dass sie keinerlei Vorstellung davon hatte, was jetzt kommen würde. Wie er reagieren wird. *Vielleicht freut er sich?*

Ben richtete sich im Bett auf und sah sie an, etwas flackerte unsicher in seinen Augen. „Was denn, Caro?"

Sie zögerte und strich noch einmal über seine Stirn, nahm seine Hand und sah ihn an. Seine Unsicherheit verstärkte sich noch. Sie musste es sagen. Jetzt sofort.

„Ben, ich ... also es ist so ...", stotterte sie. Sie konnte es nicht aussprechen.

„Du willst mich nicht mehr sehen, oder?"

Er sah traurig aus, das gab ihr etwas Mut.

„Nein Ben, das ist es nicht."

„Was denn dann?" Zitterte seine Stimme, oder bildete sie sich das nur ein? Sie holte noch einmal tief Luft, drückte seine Hand und sah ihm in die Augen. „Ich bin schwanger, Ben."

Er lachte. Sein Lachen klang erleichtert. „Ach Caro, ich dachte schon, du wolltest mich abservieren."

Sie atmete erleichtert aus. Er war weniger schockiert als sie vermutet hatte.

„Eigentlich sollte man damit ja keine Witze machen, aber der war echt gut." Ben grinste sie an.

Er glaubt mir nicht!

„Das ist kein Witz, Ben."

155

„Oh, komm schon, Caro." Er lachte noch immer, allerdings zunehmend unsicher.

Sie sah ihm in die Augen und da - endlich - verstand er.

„Scheiße, das ist doch wohl nicht dein Ernst?"

„Das ist mein voller Ernst, Ben."

„Von wem ist es?" Er meinte die Frage absolut ernst, das machte ihr sein Blick klar.

„Na, von dir natürlich. Es gibt keinen anderen Mann in meinem Leben." Ben wurde blass, dann stand er auf und zog sich an. Ohne ein Wort. Er setzte sich auf den Stuhl, der neben dem Bett stand und sah aus dem Fenster.

Genau wie von der Dachterrasse hatte man einen fantastischen Blick über die Stadt. Sie wagte nicht, ihm ins Gesicht zu sehen. Ließ ihn in Ruhe, um das gerade Gehörte sacken zu lassen.

Nach einer gefühlten Ewigkeit sah er sie wieder an. „Du kannst das Kind nicht austragen, Caro. Das ist völlig unmöglich."

„Es ist völlig unmöglich, das Kind nicht zu bekommen, Ben."

„Quatsch!" Er stand auf und lief im Zimmer auf und ab. Sie hätte sich auch anziehen sollen, blieb aber, wo sie war und fühlte sich seltsam verletzlich.

„Du musst abtreiben!"

„Das werde ich nicht tun, Ben. Und selbst wenn ich es wollte, dafür ist es zu spät."

Er sah sie schockiert an. „Was sagst du da?"

Das geht schief, absolut schief, dachte sie überflüssigerweise.

„Ben, ich … ich wollte es dir immer sagen, aber irgendwie …"

„Irgendwie was?", schrie er sie an. „Irgendwie war nie der richtige Zeitpunkt, oder was?"

„Ja. Und ich hab mich auch nicht getraut." Ihre Stimme klang dünn.

„Willst du mich auf den Arm nehmen, Caro?" Er sah sie wütend an, so hatte sie ihn noch nie erlebt. „Und jetzt? Was stellst du dir vor? Dass ich mir von dir meine Zukunft versauen lasse?" Sie sah ihn schockiert an. „Ben, ich …"

„Was ich?"

War das Hass, den sie in seinen Augen sah? Nein, er ist unsicher und das ist ja auch ganz verständlich.

„Ich schlage vor, du lässt das jetzt erst mal sacken und wir reden morgen weiter, okay?" In ihren Ohren klang das vernünftig.

Er schnaubte nur verächtlich, jedenfalls kam es ihr verächtlich vor, schnappte sich seine Jacke, die achtlos in einer Ecke lag, und verschwand.

Die Haustür ging nicht gerade sanft zu.

***

Tania Peters hatte einen guten Tag. Einen sehr guten Tag, wenn man berücksichtigte, dass sie die Hormontherapie noch immer nicht begonnen hatte. Ein paar Schweißausbrüche in der Nacht, aber tagsüber fühlte sich ihr Körper gut an, auch ihre Stimmung war nicht mehr ganz so trüb wie in den letzten Wochen. Sie fühlte sich fast normal. Vielleicht würde es ja doch ohne Hormone gehen.

Sie hatte fast den ganzen Tag im Garten gearbeitet. Rasen gemäht, die Hecken geschnitten, Rosen abgeknipst und nun sah ihr geliebter Garten exakt so aus, wie sie ihn gerne hatte. Akkurat und ordentlich. Das machte zwar viel Arbeit, brachte aber auch Spaß.

Nach dem Duschen setzte sie sich mit einem Kaffee auf die Terrasse. Das Telefon klingelte.

„Peters", meldete sie sich.

„Ich bin es."

Konstantin! Was wollte er?

„Hallo", sagte sie so kühl wie möglich. Aber ihr Herz raste. Will er vielleicht zu mir zurück? Hat er erkannt, dass die Trennung ein Fehler war, dass er zu uns gehört und nicht zu dieser Neuen? Dass er uns braucht, genau wie wir ihn brauchen?

„Ich möchte mit dir reden, Tania."

Klang er nicht irgendwie zärtlich?

„Okay", antwortete sie, immer noch um Coolness bemüht.

„Kann ich kommen?"

„Du meinst jetzt?" Ihr Herz begann zu stolpern.

158

Wie sehe ich aus? Was habe ich an? Bin ich geschminkt? „Natürlich nur, wenn es dir passt, ich meine, ich kann auch morgen oder übermorgen ...“ Er klang unsicher.

Übermorgen! So lange konnte sie auf keinen Fall warten. Auf der anderen Seite wollte sie nicht den Eindruck erwecken, als hätte sie nur auf ein Treffen mit ihm gewartet.

„Jetzt gerade ist es schlecht, aber in zwei Stunden hätte ich Zeit“, sagte sie deshalb.

„Okay, dann komme ich in zwei Stunden, Tania.“

„Hierher?“

„Ja ... ich meine ... wenn das okay ist. Sonst können wir uns natürlich auch in einem Café treffen, oder so.“ Er war definitiv unsicher.

„Nein nein, das ist schon okay, dann also in zwei Stunden“, erwiderte sie und hoffte, kühl und überlegen zu klingen.

Er sagte nichts weiter, also verabschiedete sie sich und legte auf. Dann setzte sie sich zurück auf die Terrasse und trank ihren Kaffee zu Ende, während sie überlegte, was in zwei Stunden passieren würde.

„Hallo Tania.“ Konstantin lächelte verlegen und gab ihr einen Kuss auf die Wange. Blumen hatte er keine dabei, worauf sie insgeheim gehofft hatte.

Sie musterte ihn, während sie ihm auf die Terrasse folgte. Er wirkte jugendlicher, als sie ihn in Erinnerung hatte. Ein neuer Haarschnitt, irgendwie kürzer und irgendwie anders. Und die Kleidung, die er trug, kannte sie nicht. Er kam ihr fremd darin vor.

Sie hatte sich dezent geschminkt, das Haar hochgesteckt, weil sie wusste, dass er das mochte, und eine frische Jeans und ein neues Shirt angezogen. Das Shirt war knallrot, eine Farbe, die ihr stand. Sie hatte das Gefühl, gut auszusehen. Das erste Mal seit langer Zeit, so kam es ihr vor.

Sie sah den Mann an, mit dem sie über zwanzig Jahre verheiratet war. „Möchtest du einen Kaffee?"

Er zuckte die Achseln.

„Oder einen Wein?"

„Ein Wein wäre schön, wenn du einen mittrinkst."

Sie holte zwei Gläser und eine Flasche Chardonnay aus der Küche. Konstantin tat, als wäre er Gast in ihrem gemeinsamen Haus. Das war aber wohl seine Unsicherheit ihr gegenüber. Sie schenkte ein, sein Glas voll, in ihres nur sehr wenig. Sie tranken einen Schluck. Besser, Konstantin trank einen Schluck, während sie nur nippte. Dann sah er sie an. Sein Gesichtsausdruck war ernst, sehr ernst sogar.

Was kam jetzt?

Mach dir keine falschen Hoffnungen, Mädchen, schoss es ihr durch den Kopf.

Konstantin nahm ihre Hand.

Wie vor ein paar Wochen, als er mir seine Affäre gebeichtet hat, ging es ihr durch den Kopf.

Er will die Scheidung! Ihr Ehemann räusperte sich verlegen. „Tania, mir ist wichtig, dass wir Freunde bleiben, du und ich. Schon wegen der Kinder." Er kommt nicht zurück! Wieder dieses Klingeln in ihren Ohren.

Sie schwieg einen Moment, dann sah sie ihn an.

„Wenn ich richtig informiert bin, hast du die Kinder nicht einmal angerufen."

Er wurde rot. „Ja, das stimmt. Es gab etwas, das ich …" Konstantin räusperte sich noch mal. Er wirkte sehr verunsichert. „Da war was, das ich erst mal selber auf die Reihe bringen musste."

Tania verstand nur Bahnhof. Worum ging es hier eigentlich? Ihr Mann sah sie an. Sein Gesichtsausdruck war für sie so unergründlich, als würde sie einem völlig Fremden ins Gesicht sehen. Nur die leichte Röte an seinem Hals kam ihr bekannt vor, auch wenn sie sie nicht deuten konnte.

Er schaute knapp an ihr vorbei. „Sophie ist schwanger, ich werde noch mal Vater", platzte es dann aus ihm heraus, fast wie eine kleine Explosion.

Sophie ist schwanger - und ich bin in den Wechseljahren, ging es ihr durch den Kopf. Und dann schickte ihr Gehirn noch ein völlig überflüssiges *Halleluja* hinterher. Danach ging alles sehr schnell. Denn da gibt es dieses berühmte Dominosteinchen. Es ist schon stark ins Wanken geraten und braucht nur noch einen kleinen Fingerschnipp, um zu kippen und ein ganz großes Gebäude zum Einsturz zu bringen.

Konstantins *junges Glück*, wie Tanias Gehirn es völlig automatisch nannte, war ein solches Dominosteinchen.

Sie begann zu lachen, natürlich klang sie hysterisch. Vielleicht hysterischer, als sie selber es wahrnahm. Konstantin schaute jedenfalls sehr besorgt. Das Lachen ging in ein stilles Weinen über.

Die Tränen begannen ganz sanft zu fließen, völlig normal in der Situation. Aber sie verwandelten sich schnell in hemmungsloses Schluchzen und nach nicht mal einer Minute hörte sie sich an wie ein verwundetes Tier kurz vor dem Ende.

Ihr Mann nahm sie erschrocken in den Arm, realisierte aber schnell, dass das nicht ausreichte. Ohne sie loszulassen, fingerte er in seiner Hosentasche nach dem Handy und rief einen Krankenwagen.

***

„Verdammt noch mal, wie konnte das denn passieren?" Lucas schrie, er war in Bens Zimmer.

Marie stand im Flur und lauschte. Was ist denn jetzt schon wieder los? Mittlerweile kam es ihr schon ganz normal vor, Luc und Ben heimlich zuzuhören. Schließlich war sie es, die den ganzen Laden hier noch zusammen hielt. Im Großen und Ganzen. Die Mutter lag im Krankenhaus und der Vater vergnügte sich mit einer Neuen. Ihre Brüder kümmerten sich in erster Linie um ihre eigenen, ach so wichtigen Dinge.

Marie spitzte die Ohren.

„Keine Ahnung, ich habe jedenfalls immer aufgepasst." Bens Stimme klang kleinlaut wie selten.

„Aufgepasst", schnaubte Luca, „dass ich nicht lache."

„Die wichtigere Frage ist jetzt ja wohl, wie wir mit der Situation umgehen." Ben klang, als würde er gleich heulen.

„Wie du mit der Situation umgehst." Lucas lachte unsicher.

„Moment mal, Luc, da stecken wir beide drin."

„Ich stecke nirgends drin. Mich kennt die Lady doch überhaupt nicht. Jedenfalls offiziell."

„Na, vielen Dank auch, Lucas!"

Was zum Teufel war da los? Marie ging näher an die Tür, denn nun flüsterten ihre zwei Brüder nur noch. Sie konnte sie trotzdem verstehen. Lucas lief auf und ab, sie erkannte seine Schritte.

„Hör zu, Ben, du musst mit ihr reden. Sie muss abtreiben. Sie muss einfach. Lass dir nicht dein Leben von der Schnepfe versauen.

„Rede nicht so über sie, Luc."

„Jetzt ist keine Zeit für Sentimentalitäten, Ben. Überzeuge sie davon, dass sie das Kind auf keinen Fall bekommen kann. Zur Not ..."

„Zur Not was?"

Marie hielt den Atem an.

„Zur Not musst du es ihr sagen. Dann kann sie gar nicht mehr anders."

„Sie wird mich hassen."

„Na und?"

„Caro bedeutet mir etwas, Luc."

„Wir sind jung, Ben! Wir beginnen gerade, das Leben zu entdecken. Spaß zu haben. Frauen, die dir etwas bedeuten, findest du später noch jede Menge. Du musst es ihr sagen und sie dadurch zwingen, das Gör wegmachen zu lassen." Ben schwieg. Lucas lachte kurz auf. „Weißt du was, Ben. Ich werde mit ihr reden. Das kann ich besser als du." „Sie wird mich hassen", wiederholte Ben und er klang dabei, als wäre er kurz vorm Verzweifeln.

Marie stand im Flur, ihre Knie zitterten, während sie zu erfassen versuchte, was ihre Brüder gerade gesagt haben.

Als ob in dieser Familie nicht schon genug zu Bruch gegangen wäre, dachte sie.

***

„Wie geht es dir, Tania?" Claudia Brettschneider nahm die Hand ihrer Freundin, die sich verschwitzt und sehr kalt anfühlte. „Scheiße geht es mir."

„Konstantin hat mich angerufen und mir gesagt, dass du im Krankenhaus liegst, aber er konnte mir nicht richtig erklären, was passiert ist."

„Das war wohl ein klassischer Nervenzusammenbruch, würde ich sagen."

Claudi schwieg eine Weile. „Ist etwas vorgefallen? Ich meine, mit Konstantin."

„So kann man das nennen."

„Was denn?"

Tania sah ihrer langjährigen Freundin in die Augen. „Konstantin wird Vater."

„Was?" Claudis Augen weiteten sich. „Das gibt es doch nicht."

Tania lachte bitter. „Oh doch, das gibt es. Eine neue, kleine Familie für meinen tollen Ehemann. Ich bin abgeschrieben."

„Du hast gehofft, dass er wieder zu dir zurückkommt?"

„Hättest du in meiner Situation doch auch, oder?"

„Vermutlich schon. Tania, das darfst du jetzt einfach nicht so nah an dich ranlassen."

Tania begann zu lachen, das schnell in ein Weinen überging. Claudi nahm sie in den Arm. „Was sagen denn die Ärzte?" Tania weinte still und sagte nichts mehr.

165

„Ich rede mal mit einem, dann komme ich zurück zu dir, okay?" Claudi war sich nicht sicher, ob sie die Freundin allein lassen sollte, deren Gesicht leichenblass auf dem Kissen lag. Als sie keine Antwort bekam, drückte sie noch einmal kurz Tanias Hand und machte sich auf die Suche nach einem Arzt.

Marie, Benjamin und Lucas kamen mit einem riesigen Strauß Blumen den Flur entlang. Sie winkten schon von weitem. Die Jungs wirkten verunsichert, aber Marie sah ihr fest in die Augen.

„Wie geht es ihr, Claudi?"

„Naja, den Umständen entsprechend, sagt man wohl."

„Und was bedeutet das?", fragte Benjamin mit zittriger Stimme.

Sie seufzte und bat die Kinder, sich einen Moment hinzusetzen. Ben und Marie setzten sich, Lucas blieb stehen, die Hände über der Brust gefaltet, so, als müsse er sich schützen vor dem, was nun kam.

Claudi wusste nicht, ob Tania den Kindern schon von der Vaterschaft erzählt hatte. Sie sah die drei an.

„Was genau wisst ihr denn eigentlich?"

„Wie meinst du das, was wir wissen?", fragte Marie.

Sie wissen es noch nicht. „Es ist so, Tania ist in einer extrem schwierigen Phase wegen der Trennung."

„Das wissen wir natürlich", meinte Ben.

Lucas sah sie an. „Aber warum nimmt sie das so unglaublich mit? Ich meine, das ist Scheiße, okay. Aber das Leben geht doch weiter. Deshalb landet man doch nicht im Krankenhaus, oder?"

„Eure Mutter hat gestern erfahren, dass die Neue von Eurem Vater schwanger ist."

Jetzt war es raus.

Benjamin sah schockiert aus, Lucas setzte sich nun doch.

„Was?" Maries Stimme war nur ein Krächzen.

Claudi sah von einem zum anderen. „Für eure Mutter war das wohl ein ziemlicher Schlag, was nicht weiter verwunderlich ist. Sie wird sicher heute oder morgen wieder nach Hause können, aber ihr solltet euch um sie kümmern, bis es ihr wieder besser geht, okay?"

***

Caro hatte sich mit Ben in einem Café verabredet um zu reden. Das Café lag in einem anderen Stadtteil als die Agentur und ihre Wohnung, so dass sie sicher sein konnte, niemandem zu begegnen, der sie kannte.

Er war noch nicht da. Also setzte sie sich in eine Ecke und bestellte bei einer dicklichen und leicht schmuddelig wirkenden Bedienung einen Tee. Unter der Decke surrte ein Ventilator im Gleichklang mit ihrem klopfenden Herzen.

Was würde sie jetzt gleich erwarten? Was würde Ben sagen, nachdem er Zeit hatte, die Information über ihre Schwangerschaft sacken zu lassen?

Als die Tür aufging, zuckte sie zusammen. Er kam auf sie zu ohne zu lächeln, setzte sich mit einem knappen Hallo ihr Gegenüber und sah sie kühl an. Kein Kuss, keine Berührung, kein guter Anfang!

Sie sah ihm in die Augen und suchte nach der Verliebtheit, die sie zu spüren geglaubt hatte. Aber da war nichts. Im Gegenteil, sein eisiger Blick ließ sie frösteln. „Ben …", begann sie, wusste aber nicht weiter.

„Du kannst das Kind unmöglich bekommen", zischte er. „Das ist absolut ausgeschlossen."

Sie schwieg, bis die Kellnerin seine Bestellung aufgenommen hatte und lustlos zurück zum Tresen schlurfte.

Dann holte sie tief Luft. „Du musst dich ja gar nicht kümmern, Ben. Ich meine, finanziell und so."

168

„Ich habe gerade mein Studium angefangen. Super Zeitpunkt, um Vater zu werden!", fauchte er und sein Blick war kalt wie ein Gletscher.

Wo ist nur der zärtliche Ben geblieben?, fragte sie sich.

Dann straffte sie die Schultern und sah ihm ebenfalls kühl in die Augen. „Wie gesagt, ich werde das Kind bekommen."

„Das wirst du nicht, verdammt noch mal!", schrie er und fegte fast den Zuckerstreuer vom Tisch.

Die Kellnerin schaute zu ihnen rüber, nicht mehr ganz so unbeteiligt wie zuvor. Eilig goss sie die Cola in ein Glas und brachte sie zu ihnen an den Tisch.

Sie waren die einzigen Gäste und etwas Abwechslung in ihrem alltäglichen Einerlei schien gerade recht zu kommen.

Beide schwiegen, bis die Kellnerin wieder hinter ihrem Tresen verschwunden war. Caro wollte Bens Hand nehmen, aber er entzog sie ihr unwirsch. „Ben, bitte, das müssen wir ruhig und besonnen besprechen."

Er lehnte sich mit einem Knurren zurück und verschränkte die Arme über der Brust. Dann sah er ihr fest in die Augen und ihr wurde eiskalt.

Das ist nicht Ben.

Eine Sekunde später wurde ihr klar, was das bedeutete.

Laura hatte recht gehabt. Der junge Mann ihr gegenüber machte den Mund auf und was dann kam, war nur noch die finale Bestätigung ihrer schlimmsten Befürchtungen.

169

„Wir lassen uns von dir nicht unser Leben verpfuschen und damit Basta."

Wir.

Sie sah ihm fassungslos in die Augen. Er zuckte nur mit den Schultern, es wirkte wie eine halbherzige Entschuldigung.

Als sie aufstand, hatte sie das Gefühl, dass er erleichtert war.

Ohne ein weiteres Wort ging sie aus dem Café.

Der neugierige Blick der Kellnerin bohrte sich in ihren Rücken, während sie zitternd wie Espenlaub die Tür hinter sich zuzog.

Auf dem Weg nach Hause wurde ihr übel, sie fühlte sich so elend, dass sie sich unterwegs kurz auf eine Parkbank setzen musste. Nur mit Mühe schaffte sie es bis in ihre Wohnung. Nachdem sie die Eingangstür aufgeschlossen und in den Flur gegangen war, kotzte sie sich die Seele aus dem Leib.

Sie verbrachte die nächsten Tage im Bett, fühlte sich fiebrig und schwach. Und ihr war ständig übel. Laura rief ein paar Mal an und fragte, ob sie helfen könne. Aber Caro wollte alleine sein. Alleine mit dem Unglaublichen.

Dem Unvorstellbaren. Dem Unfassbaren.

Sie, Carolina Blumenberg, war komplett verarscht worden. Von zwei jungen Typen. Zwillingen.

***

Wie lange hat das Glück eigentlich gehalten? Tania Peters konnte sich diese Frage nicht ehrlich beantworten.

Zwei Tage nach ihrer Entlassung aus dem Krankenhaus saß sie in der Küche und trank einen Kaffee. Wieder einmal.

Marie war noch ganz klein gewesen, als ihr erste Zweifel an Konstantins Treue gekommen waren. Er war abends oft unterwegs und sie konnte kaum glauben, dass es sich immer um Geschäftsessen mit Kunden handelte. Aber, das musste sie sich jetzt eingestehen, sie hatte es nicht wirklich wissen wollen. Hatte ihre rosarote Brille aufgesetzt und heile Welt gespielt. Aufkeimende Zweifel wurden durch ein Gläschen Sekt am Nachmittag gnädig übermalt. Oder zwei oder drei Gläschen.

Die billigsten Klischees - der Geruch nach fremdem Parfüm oder Lippenstiftflecken auf dem Hemdkragen - hatte er ihr erspart. Immerhin.

Aber das war jetzt ja auch egal, er war weg und sie alleine. Für immer, wie lange das auch sein mochte.

Tania stand auf und ging in den Flur. Dann stieg sie langsam die Kellertreppe hinunter. Sie sah auf ihre Armbanduhr, es war halb eins, die Kinder würden nicht so bald nach Hause kommen.

Der kleine Stahlschrank hing an der Wand. Den Schlüssel hatten sie sicher vor den Kindern in einer Kommodenschublade in einem anderen Kellerraum aufbewahrt. Tania wühlte sich durch mehrere

171

Schubladen staubiger Dinge, die kein Mensch mehr brauchte, bis sie den Schlüssel gefunden hatte. Er lag in einer Blechdose und sah ganz harmlos aus.

Der Schrank ließ sich damit allerdings nicht öffnen, obwohl der Schlüssel passte. Die Tür muss sich verkeilt haben. Scheiße!

An der Wand im Nebenraum hingen allerlei Werkzeuge. Sie nahm sich ein Brecheisen und machte sich auf den Weg zurück in den anderen Keller. Mit einer leichten Hebelbewegung und einem tiefen Quietschen der Scharniere ging die Tür auf.

Und da lag sie.

Die Walther ihres Vaters.

Klein, schwarz, gefährlich.

Tania nahm die Waffe in die Hand und wunderte sich, wie leicht sie war.

Einfach in den Mund stecken und Bumm.

Nur, ungeladen würde es kein Bumm geben.

Sie untersuchte den weiteren Inhalt des Schrankes.

Ihr Vater hatte nur diese eine Waffe besessen, soviel wusste sie.

Und dann fand sie, worauf sie nicht zu hoffen gewagt hatte. Munition! Und das, obwohl Kinder im Haus aufgewachsen waren. Ihr schauderte etwas bei dem Gedanken, was alles hätte passieren können. Sie hatte sich auf die Aussage des Vaters verlassen, dass in dem Schrank nur die Walther lag - ungeladen und natürlich ohne Munition -, und sich nicht weiter darum gekümmert, als sie den Haushalt der Eltern aufgelöst hatten.

Sie hatten den Schrank in den Keller gebracht und nicht mehr daran gedacht.

Tania saß da und hielt die Pistole in der Hand.

Das wäre eine Option, dachte sie.

Keine schlechte sogar.

Jedenfalls etwas, dachte Marie, als sie von der Waage stieg. Sie hatte zwei Kilo abgenommen. Kein Wunder bei dem Stress, der gerade in der Familie herrschte. Jemand klopfte an die Tür.

„Marie, nun mach mal ein bisschen Dampf. Du bist nicht die Einzige, die duschen will." Luc. Der konnte ihr gestohlen bleiben. Beide Brüder konnten das. Diese Scheiße musste sie ja auch noch klären. Machte ja sonst keiner. Beim Frühstück würde sie mit Ben und Luc reden, nahm sie sich vor.

„Also, jetzt reden wir Drei mal Klartext", fing sie das Gespräch an, nachdem Luc und Ben ihre morgendliche Dusche erledigt und sich zu ihr an den Frühstückstisch gesetzt hatten.

„Klartext worüber denn?", fragte Lucas und zog die Schultern hoch.

„Ich muss gleich ins Seminar", erwiderte Ben.

Marie sah ihren Bruder scharf an. „Es gibt in dieser Familie ein paar Probleme zu klären und da ist es mir gerade scheißegal, ob du dein dämliches Seminar verpasst oder nicht!"

„Ups, hat unser Prinzesschen schlechte Laune?" Luc grinste sie an.

„Ja, ich habe verdammt schlecht Laune, wenn du es genau wissen willst."

„Nun mal mit der Ruhe", mischte Ben sich wieder ein.

„Marie hat recht, wir müssen darüber reden, was wir für Mama tun können. Sie wirkt von Tag zu Tag unglücklicher und trauriger."

„Darüber müssen wir *auch* reden." Marie sah ihrem Bruder in die Augen.

„Wieso auch?" Bens Hals wurde leicht rot.

„Weil das nur eines von zwei Problemen ist, die wir zu lösen haben. Besser gesagt, die ihr zu lösen habt."

Ben schwieg.

„Wolltest du nicht Klartext reden?", fragte Luc, noch immer belustigt. „Dann mach mal, ich verstehe nämlich gerade nur Bahnhof."

„Soso, du verstehst nur Bahnhof, wie praktisch für dich!"

Ben sah seinem Bruder in die Augen, und da ging Lucas ein Licht auf.

„Du hast uns belauscht?", fragte er empört.

„Das ist völlig irrelevant. Relevant ist, was ihr jetzt zu tun gedenkt."

„Das geht dich gar nichts an!", fauchte Lucas.

Ben hatte noch immer nichts gesagt.

„Lasst mich raten, ihr wollt das aussitzen, oder?"

Ben sah sie hilfesuchend an. „Was können wir denn schon tun?"

Marie schnaubte. „Hallo? Ihr habt eine Frau geschwängert!"

„Ben hat eine Frau geschwängert!", meinte Lucas.

Benjamin stand auf und ging zum Fenster. „Das ist nicht sicher", sagte er, ihnen den Rücken zugewandt.

„Das ist aber mehr als wahrscheinlich, ich war ja nur zweimal ..."

Marie stand nun ebenfalls auf. Ihr liefen Tränen über die Wangen, so wütend war sie.

„Was für erbärmliche Arschlöcher seid ihr eigentlich?"

Benjamin sah sie schockiert an. „Aber ..."

Marie schüttelte den Kopf. „Ich habe zwei ausgemachte Schweine zu Brüdern, unfassbar."

„Es reicht, Marie!", fauchte Lucas.

„Nein, es fängt gerade erst an, Luc. Ihr werdet euch nämlich jetzt eine Strategie überlegen. Ich vermute mal stark, das habt ihr bisher noch nicht getan."

„Was denn für eine Strategie?", fragte Ben.

„Sagt mal, arbeitet euer Gehirn auch manchmal oder ist die Festplatte immer runtergefahren? Redet mit der Frau, macht ihr klar, dass sie das Kind nicht bekommen kann."

„Hab ich ja schon." Lucas sah sie an, seine Augen flackerten unsicher. Unsicherer, als sie ihn kannte.

„Und?"

Lucas schwieg.

„Sie ist über der Zeit, eine Abtreibung kommt nicht mehr in Fragen", sagte Ben.

Marie sah ihn schockiert an. „Das gibt´s doch nicht!"

„Doch, das ist ja die Scheiße." Bens Stimme zitterte.

„Und nun?"

„Keine Ahnung." Ben machte den Eindruck, als wäre er kurz vorm Verzweifeln.

Marie überlegte. „Mama können wir damit nicht belasten."

„Natürlich nicht", erwiderten ihre beiden Brüder schnell.

„Also werdet ihr mit unserem Vater darüber reden müssen."

„Spinnst du jetzt völlig?" Lucas zeigte ihr einen Vogel.

„Welche brillante Idee zur Lösung eures Problems hättest du denn zu bieten?", fragte sie wütend. „Wie gesagt, mein Problem ist das nicht."

Ben sah ihn an. „Das ist genauso dein Problem wie meines, Luc!"

„Sehe ich anders."

Da geht gerade etwas kaputt, dachte Marie, als sie von einem Bruder zum anderen schaute.

***

Laura Paulsen saß in der kleinen Trattoria gegenüber von Caros Agentur und stocherte in einem Salat. Die Freundin war zu spät. Nicht ungewöhnlich, wenn sie sich um die Mittagszeit verabredeten. Und es war ihr ganz recht, so konnte sie sich noch etwas auf das Gespräch einstellen.

Wie hätte sie reagiert, wenn ihr so etwas passieren wäre? Ganz einfach, so etwas wäre ihr nicht passiert! Wie konnte man so blöd sein, sich von jemandem schwängern zu lassen, der gerade der Pubertät entwachsen war? Und wenn man schon so blöd war, es dann nicht wegmachen zu lassen? Solange es noch ging.

Laura hatte kein Verständnis für die Entscheidung der Freundin. Und die Tatsache, dass letztlich ihre Vermutung, beide Zwillinge vergnügten sich im munteren Wechsel mit ihnen, stimmte, verursachte ihr keinerlei Genugtuung. Höchstens Übelkeit. Und Mitleid für Caro. Ihre beste Freundin, die jetzt gehörig in der Scheiße saß.

Laura schaute nach draußen, es war ein regnerischer Tag. Kalt und grau.

Caro spannte einen Schirm auf, als sie durch die Tür der Agentur kam, und lief schnell über die Straße. Sie winkte durch das Fenster, dann kam sie rein. Laura hatte sie ein paar Wochen nicht gesehen, sie hatten nur telefoniert.

Nun musterte sie die Freundin neugierig. Caro sah gut aus. Ihr Gesicht war voller geworden, den kleinen Bauch versteckte sie unter einem weiten Pullover. Ihre Haare hatte sie zu einem Pferdeschwanz zusammen gebunden.

„Hi Laura." Sie gab ihr einen Kuss auf die Wange und setzte sich ihr gegenüber. „Tut mir leid, gerade als ich gehen wollte, kam noch ein wichtiger Anruf."

„Kein Problem, Caro. Hier sitzt man ja warm und trocken."

„Scheißwetter, oder?"

„Ja, ich hasse es."

„Ich auch." Caro bestellte ein Nudelgericht und eine Cola und sah die Freundin an. „Wie geht es dir, Laura!"

„Mir geht es gut, die entscheidende Frage ist, wie es dir geht."

„Auch gut."

„Ach komm, Caro."

„Wirklich."

„Das glaubst du dir doch selber nicht."

Caro schwieg einen Moment, dann sah sie ihrer Freundin in die Augen. „Es geht mir wirklich ganz okay, Laura. Ich meine, wenn man die Umstände bedenkt. Für John ist es nicht leicht. Er hat natürlich Angst, dass ich ausfalle, wenn das Baby erst auf der Welt ist."

„Caro! John kann dir doch im Moment komplett egal sein. Was wirst du tun?"

„Wie meinst du das?"

„Na, was ist mit dem Erzeuger des Babys? Den Er-
zeugern, besser gesagt?"

„Keine Ahnung."

„Die haben sich nicht mehr gerührt, das glaub ich
jetzt ja nicht."

„Ben versucht andauernd, mich zu erreichen. Aber
ich reagiere nicht. In der Agentur wird er nicht
durchgestellt, zuhause gehe ich nicht ans Telefon.
Seine WhatsApps und Mails lese ich nicht. Ich will
mit dem Typen, besser gesagt mit den Typen, nichts
mehr zu tun haben.

„Aber du darfst die doch nicht ungestraft davonkommen lassen!" Laura schnaubte verächtlich.

„Was soll ich denn deiner Meinung nach machen?"

„Du könntest die zwei Arschgeigen in Streifen
schneiden."

Caro grinste. „Und die Streifen dann an die Fische
verfüttern?"

„Etwas in der Art würde mir vorschweben, ja."

Caro drehte ihr Glas in den Händen. „Was ist mit dir
... hast du dich noch mal mit ... einem getroffen?"

„Spinnst du? Natürlich nicht. Es hat sich auch keiner
gemeldet, zum Glück. Zu ihrem Glück, wohlge-
merkt. Ich denke mal, die können sich zusammen-
reimen, dass wir uns kennen."

Sie saßen eine Weile schweigend da.

Dann versuchte Laura es noch mal. „Ehrlich, Caro,
das darfst du denen nicht durchgehen lassen. Die
müssen mindestens Unterhalt zahlen."

„Ich habe wirklich lange darüber nachgedacht,
Laura. Aber ich hab ja auch nicht fair gehandelt. Ich

180

meine, ich hätte es natürlich sagen müssen, bevor es zu spät war."

„Hast du aber nicht."

„Eben."

„Das ändert aber doch nichts daran, dass die dich - und mich - total verarscht haben. Willst du denn überhaupt keine Rache?"

„Ich fühle mich natürlich auch verarscht, Laura. Aber Rache? Eigentlich nicht. Du denn?"

„Aber Hallo!" Laura sah ihre Freundin verschwörerisch an. „Und ich weiß auch schon, wie wir die bekommen werden."

***

Laura stand im Baumarkt und suchte nach der richtigen Farbe. Sie musste über sich selbst lachen.

Früher hatte sie manchmal Wahlplakate von rechten Parteien übersprüht, aber das war mehr als zehn Jahre her. Seitdem hatte sich ihr Revoluzzertum stark abgekühlt.

Sie fragte einen Mitarbeiter nach der Farbe mit der besten Haltbarkeit und bekam eine Dose in die Hand gedrückt. Natürlich die teuerste. Egal.

Mit der Spraydose in der Hand ging sie in die Gartenabteilung und sah sich nach ein paar Blumen um, die zu dieser Jahreszeit blühten. Es gab fast nichts. Klar, war ja auch Winter. Orchideen hasste sie, die erinnerten sie zu sehr an eine Tante, die sie als Kind besuchen musste. Alpenveilchen fand sie auch gruselig. Weihnachtssterne! Na, vielen Dank auch.

Dann eben keine Blumen.

Caro war überrascht gewesen, als sie nach der Adresse von Benjamin und Lucas gefragt hatte, und wollte sie erst nicht rausrücken. Im Internet gab es so viele Peters, dass ihr das nicht weiter half. Also war Laura hartnäckig geblieben und Caro hatte irgendwann seufzend in ihre Unterlagen geschaut und ihr die Adresse genannt. Nicht, ohne sich x-mal zu vergewissern, dass Laura nicht mehr vor hatte, als einen kleinen, fiesen Scherz.

Mehr hatte sie auch wirklich nicht vor.

Aber der kleine, fiese Scherz würde sitzen.

***

„Du darfst mich zum Essen einladen." Sie grinste ihn an, während er sich erschrocken zu ihr umdrehte.

„Oh, hallo Marie, wie nett. Was machst du denn hier?"

„Wie gesagt, ich möchte mit dir essen gehen."

Ihr Vater blickte verwirrt. „Das wäre toll, aber im Moment ..."

„Wir müssen reden. Jetzt!"

Er sah sie verunsichert an. „Ist was mit Mama?"

Marie schnaubte. „Das was mit Mama ist, weißt du ja wohl!"

„Ja, natürlich. Ich meine ja auch ... ob es was Neues gibt."

„Wohin gehen wir?" Marie sah sich um. Es gab mehrere Restaurants in der Nähe. Das Büro ihres Vaters lag in der City.

„Wie gesagt, ich würde wirklich gerne, aber im Moment ..."

„Du wirst jetzt mit mir essen gehen, Papa!"

Er zögerte, dann nahm er sein Handy und machte einen Anruf. Dabei entfernte er sich so weit von ihr, dass sie nicht zuhören konnte. Sie wusste natürlich trotzdem, wen er anrief. Die Neue!

„Also dann, gehen wir dort zum Griechen, der ist ganz gut, okay?" Ihr Vater sah sie fragend an.

„Okay, aber ohne Ouzo." Er strubbelte ihr lachend durchs Haar und sie gingen über die Straße zum Restaurant.

Nachdem sie bestellt hatten, sah Marie ihrem Vater in die Augen. „Du musst zurückkommen, Papa."

Er zuckte zusammen. „Ach, Marie, so einfach ist das alles nicht."

„Meinst du etwa, für uns ist das einfach?", rief sie erbost. „Glaubst du, wir haben Spaß daran, Mama so leiden zu sehen? Und Luc und Ben kannst du sowieso in die Tonne treten."

„Red doch nicht so. Luc und Ben sind deine Brüder."

„Das sind nicht mehr meine Brüder."

„Was ist denn mit dir los, Marie? Du hast dich doch immer gut mit ihnen verstanden."

„Da wusste ich auch noch nicht, was für Arschlöcher das sind."

„Jetzt mal ganz mit der Ruhe, meine Kleine. Was genau ist denn dein Problem?"

Marie blitze ihren Vater an. „Unser Problem, Papa! Es ist unser Problem, nicht meines. Ich habe nämlich nicht vor, die gesamte Bürde der Familie auf meinen Schultern zu tragen. Du bist der Mann im Haus, nicht ich. Also kümmere dich gefälligst um uns."

„Eure Mutter bekommt sehr viel Geld von mir."

„Mir platzt gleich echt der Kragen, Papa. Es geht doch nicht um Geld. Es geht um deine Anwesenheit. Darum, dass du dich um die Familie kümmerst. Sonst bricht in ziemlich kurzer Zeit alles auseinander, verdammt!"

„Nun malst du aber den Teufel an die Wand, Marie."
„Den muss ich nicht an die Wand malen, Papa, der ist schon längst da."
Ihr Vater nahm ihre Hand.
„Du bist doch erwachsen, fast jedenfalls."
Sie entzog ihm ihre Hand. „Und?"
„Das ist natürlich blöd gelaufen, dass Sophie so schnell schwanger wurde ..."
„Blöd gelaufen? Du klingst wie Lucas!"
Ihr Vater räusperte sich, während der Kellner zwei Ouzo brachte. Im Hintergrund dudelte griechische Folklore.
„Wir haben uns einfach auseinander gelebt, deine Mutter und ich."
Marie schob angewidert den Ouzo zur Seite. „Na und? Jetzt lebt ihr euch eben wieder zusammen. Du hast eine Verantwortung, verdammt! Manchmal glaube ich ...", sie ließ den Satz unvollendet.
„Was glaubst du?"
„Manchmal glaube ich, Mama könnte sich was antun." Sie sah ihrem Vater in sein schockiertes Gesicht.
„Das ist doch Quatsch", murmelte er.
„Und wenn nicht?"
„Marie, so schnell ..."
„Komm zurück, Papa!"
„Wenn das so einfach wäre, Marie."
„Wer sagt, dass es einfach sein muss?", fragte sie wütend.
„Bitte nicht so laut, Marie."

185

„Ich bin so laut wie ich will", rief sie erbost und sprang auf.

„Ganz ruhig, Kleine. Komm, setzt dich wieder." Er nahm ihre Hand und zog sie zurück auf den Stuhl.

Sie setzte sich widerwillig und trank ihren Ouzo in einem Zug. Der Vater runzelte die Stirn, sagte aber nichts.

Marie sah ihn resigniert an. „Du bist genauso ein verantwortungsloser Arsch wie deine Söhne."

Ihr Vater schaute erschrocken. „Nicht in dem Ton, wenn ich bitten darf. Was ist denn eigentlich passiert, dass du so wütend auf Luc und Ben bist?"

„Das willst du doch gar nicht wissen!"

„Doch, natürlich will ich das wissen." „Dann rede mit ihnen, kümmere dich um deine Familie!"

„Das ist wirklich leichter gesagt als getan, Marie." Er zuckte entschuldigend die Achseln. „Wenn du älter bist, wirst du das besser verstehen, glaub mir."

„Was werde ich dann besser verstehen? Dass es einfacher ist, in ein neues Leben zu verschwinden? Ein kleines, süßes Baby zu zeugen und noch mal von vorne anzufangen, statt sich um durchgeknallte fast erwachsene Söhne zu kümmern?"

Marie blickte ihrem Vater einige Sekunden in sein schockiertes Gesicht, dann stand sie auf, ging zum Ausgang und schlug die Restauranttür hinter sich zu. Sie hatte nichts gegessen, immerhin!

***

„Hallo Marie, sag mal, was ist denn bei Euch los?“ Frau Cornelsen von Gegenüber stellte sich ihr in den Weg und runzelte die Stirn.

Marie wollte noch schnell etwas zum Mittagessen einkaufen und die Mutter mit einem kleinen Gericht überraschen. Immer nur Pizza ging ja schließlich auch nicht. Ein Gespräch mit der Nachbarin stand nicht auf dem Plan. Also grüßte sie knapp und wollte sich an dem Einkaufswagen der alten Frau vorbei quetschen. Doch die hatte nicht vor, das Mädchen gehen zu lassen. Mit bohrendem Blick stand sie da und erwartete eine Antwort.

Marie seufzte. Immer diese alten Leute, die niemanden zum Reden haben. „Was soll denn bei uns los sein, Frau Cornelsen?“, fragte sie also, was sollte sie auch sonst tun.

„Das würde ich gerne von dir wissen.“

Das Gespräch ging Marie schwer auf die Nerven. Sie sah sich um, fand aber keinen Ausweg. „Ich hab es leider sehr eilig, tut mir leid.“

Die alte Frau blieb, wo sie war, und starrte. Sehr witzig.

„Kann ich Ihnen vielleicht die Tasche mit nach Hause nehmen, die würde noch an mein Fahrrad passen.“

„Nein danke.“

Was wollte die Frau von ihr? „Was wollen Sie denn von mir, Frau Cornelsen?“

„Eine Erklärung natürlich", erwiderte die alte Frau, sie wirkte fast entrüstet.

„Wofür denn?"

„Na, für die Schweine, die bei Euch wohnen."

Okay, eindeutiger Fall von Komplettverkalkung.

Was nun? Marie sah sich hilfesuchend im Laden um und endlich kam ein junges Paar mit Einkaufwagen und Kleinkind um die Ecke.

Das Baby schrie wie am Spieß und war vor Wut knallrot im Gesicht. Der Vater wirkte schwer genervt. Frau Cornelsen schob für die drei ihren Einkaufwagen zur Seite und Marie nutzte die Gelegenheit, sich ebenfalls aus dem Staub zu machen. Sie würde mit ihrer Mutter über die Nachbarin reden, vielleicht musste man irgendeine Behörde informieren oder so.

Fünf Minuten später war jeder Gedanke an den Geisteszustand der Nachbarin vergessen.

Marie stand wie angewurzelt vor der Mauer, die ihr Haus umgab, und konnte nicht glauben, was sie dort sah.

***

Caro öffnete ihren Mailordner. Sieben Mails von Agenten oder Managern, drei weitere hatten sich am Spamschutz vorbei gemogelt.

Und eine Mail von der Freundin. Sie beschloss, den Morgen mit der privaten Mail zu beginnen. Das hätte sie besser gelassen. Es traf sie fast der Schlag, als sie das Bild, das Laura ihr kommentarlos gemailt hatte, öffnete.

Sofort griff sie zum Telefon. „Bist du völlig durchgeknallt?", bellte sie ohne eine Begrüßung ins Telefon und hörte das unbekümmerte Lachen der Freundin.

„Ist gut, oder?"

„Gut? Laura, weißt du eigentlich, was das für die gesamte Familie bedeuten kann? Hast du mal an die Nachbarn gedacht, wie die sich das Maul zerreißen werden?"

Daran hatte Laura allerdings nicht gedacht, es war ihr aber auch reichlich egal. Sie hatte Rache gewollt. Voilà, hier war sie.

Caro schnaubte. „Das musst du sofort entfernen, Laura!"

„Ich? Wie blöd glaubst du, bin ich? Außerdem kann man das nicht entfernen. Hat der Mann im Baumarkt versprochen." Sie lachte wieder.

„Laura! Das kannst du nicht bringen, das ist Rufmord!"

„Nun reg dich mal wieder ab, Caro. Das ist eine kleine Lektion in Sachen Demut, mehr nicht."

„Was hat das denn bitte mit Demut zu tun?"

„Diese Typen müssen lernen, dass sie nicht einfach alles mit einer Frau machen können, was ihnen gerade einfällt. Dass es Grenzen gibt und dass es ziemlich nach hinten losgehen kann, wenn man diese Grenzen überschreitet."

Wieder dieses Lachen!

Caro legte ohne ein weiteres Wort auf.

Marie lehnte ihr Rad an die Hauswand und schrieb eine WhatsApp.

Lucas und Benjamin, ihr seid in zehn Minuten vor unserem Haus! Das ist ein Befehl!

Es kam keine Antwort, sie wartete.

Zwanzig Minuten später war keiner der beiden da. Sie hatten sich nicht mal gemeldet.

Marie überlegte eine Weile, während sie die Mauer anstarrte. Dann rief sie Claudi an. Ihren Vater konnte man ja komplett vergessen.

In kurzen Sätzen schilderte sie die Situation, und dass ihre Mutter das auf keinen Fall erfahren dürfe. Dann ging sie ins Haus. Claudi würde frühestens gegen fünfzehn Uhr da sein können. Sie hatten vereinbart, dass sie eine kurze Nachricht schickte, wenn sie vor dem Haus war und Marie dann rauskommen würde.

„Hallo Mama, ich bin da", rief sie und versuchte, unbekümmert zu klingen. Was einigermaßen misslang.

Die Mutter antwortete nicht.

„Mama!", rief sie noch mal. Dann hörte sie ein Geräusch aus dem Keller und ging zur Treppe.

„Mama? Bist du da unten?"

„Ähm, ja. Ich komme schon, Marie."

Marie runzelte die Stirn und ging die Treppe runter. Hatte die Mutter die Schmiererei auf der Hauswand etwa schon gesehen?

Und war deshalb in den Keller geflüchtet? Blödsinn! Sie lächelte die Mutter an, die auf einem alten Schemel saß und erschöpft wirkte. „Was machst du denn hier unten, Mama?", fragte sie so unbekümmert wie möglich.

„Ich hab nur was nachgesehen, meine Kleine." Ihre Mutter lächelte müde.

„Was denn?"

„Nichts Wichtiges, wirklich. Komm, lass uns nach oben gehen und kochen." Die Mutter lachte, aber es gelang ihr nicht, ihren Kummer zu überdecken.

Wir lügen uns was vor, dachte Marie. Wir tun beide, als sei alles in Ordnung. Dabei ist nichts mehr in Ordnung.

Nachdem sie wieder oben waren, hörte Marie die Haustür. Ben kam in den Flur, aber nicht in die Küche.

„Ben?", rief die Mutter, „warum kommst du nicht rein zu uns?" Keine Antwort. Marie ging in den Flur und zog die Tür hinter sich zu. Ihr Bruder stand da, er war leichenblass.

„Was hat das zu bedeuten, Marie?", fragte er leise.

„Woher soll ich das wissen?", antwortete sie schneidend. „Ihr habt es ja noch nicht mal nötig, mir zu antworten, wenn ich euch eine WhatsApp schicke."

„Ich dachte, es ist nicht so wichtig, ehrlich." „Nicht so wichtig? Bei einem kannst du dir ganz sicher sein, Benjamin. Wenn etwas nicht wichtig ist, dann wende ich mich ganz sicher nicht an dich oder deinen tollen Zwilling." Es lag Hass in ihrer Stimme, sie hörte es selber. Benjamin sah sie erschrocken an, sagte aber nichts mehr.

Gegen fünfzehn Uhr bekam sie die Nachricht von Claudi und ging vor das Haus. Ben war in seinem Zimmer, Lucas immer noch nicht aufgetaucht und die Mutter hatte sich hingelegt.

„Hallo Marie." Claudi gab ihr einen Kuss auf die Wange. „Das ist ja eine schöne Scheiße."

„Kann man wohl sagen."

„Hast du eine Ahnung, wer das geschrieben haben kann?"

„Keine Ahnung, ehrlich."

„Das gibt es doch nicht, wer macht so etwas?"

„Vielleicht ..."

„Vielleicht was? Wenn du einen Verdacht hast, dann muss du mir das sagen, Marie."

„Vielleicht war das ja eine von den Freundinnen meiner tollen Brüder."

„Aber warum sollte eine Frau das denn machen?"

„Weil sie verarscht wurde zum Bespiel?"

„Kann ich mir nicht vorstellen, außerdem glaube ich nicht, dass deine Brüder Mädchen verarschen."

„Hast du eine Ahnung."

Claudia Brettschneider entschied, nicht weiter darauf einzugehen. Stress zwischen Geschwistern gab es immer mal.

„Das muss so schnell wie möglich wieder ab."

„Unbedingt, ich bin schon im Supermarkt drauf angesprochen worden, von der Nachbarin."

„Mist, verdammter."

„Ja, absoluter Mist."

„Hey, was ist hier denn los, Mädelsnachmittag auf der Bordsteinkante?" Lucas hielt mit seinem Rad neben ihnen, gut gelaunt wie immer.

Marie ignorierte ihn.

Claudi übernahm. „Sie dir das an Lucas. Das müsst ihr so schnell wie möglich wegmachen." Sie deutete mit dem Kopf auf die Mauer.

Lucas runzelte die Stirn, als er die Schmiererei entdeckte. „Was hat das denn zu bedeuten?"

Marie sah ihn an. „Ich nehme an, das kannst du uns sagen."

„Was? Spinnst du jetzt völlig?"

„Es bleibt die Frage, wer das da hingeschmiert hat."

„Woher soll ich das denn wissen?"

Lucas sah zu Marie, dann wurde er rot und schob sein Rad in die Garage.

***

Marie quetschte sich in eine Jeans, die ihr zwei Jahre lang nicht gepasst hatte und sah zufrieden in den Spiegel. Sie hatte drei Kilo abgenommen.

Immerhin etwas, das gerade klappt, dachte sie.

Das einzige, wenn man es genau nimmt.

Claudi hatte versprochen, sich um eine Malerfirma zu kümmern, die die Gartenmauer möglichst diskret überstreichen würde. Was auch immer man sich unter *möglichst diskret* vorzustellen hatte.

Marie wusste, dass sie sich auf Claudi verlassen konnte und hatte nun die Aufgabe, die Mutter am Verlassen des Hauses zu hindern. Was nicht weiter schwer war, ihre Mutter war ohnehin fast immer zu Hause. Kurz überlegte sie, noch einmal mit ihren Brüdern zu reden, ließ es aber bleiben, legte sich aufs Bett und hörte etwas Musik. Drei Kilo weniger!

Als Marie wenig später eine Tür zuschlagen hörte, stand sie auf. Im Flur war es still, unten auch, die Tür von Bens Zimmer war nur angelehnt und sie hörte leise Stimmen. Lucas war bei Benjamin. Sie schlich sich zur Tür und lauschte.

„Ich hau ab hier, das ist ja nicht mehr zum Aushalten", sagte Lucas.

„Hast du sie noch alle? Du kannst doch jetzt nicht einfach weggehen?" Ben klang ziemlich kläglich.

„Doch, das kann ich und das werde ich auch tun. Ich habe mich für ein Stipendium beworben und siehe da, es auch bekommen. Ab dem nächsten Semester bin ich in Leipzig." Lucas lachte, aber Marie konnte hören, dass Unsicherheit in seinem Lachen lag.

„Du bewirbst dich für ein Stipendium und sagst mir das nicht?"

„Mensch Ben, so langsam sind wir doch wohl zu alt für diesen ganzen Bruderscheiß, oder? Ich meine, hey, jeder lebt sein Leben."

Benjamin sagte eine Weile nichts, Marie hörte ihn im Zimmer auf und ab laufen.

„Lucas, du kannst Marie und mich nicht einfach mit Mama hier sitzen lassen!"

Nun war es Lucas, der schwieg.

Ben hat recht, das wäre ja noch schöner, wenn Luc jetzt einfach abhauen würde. Sie hörte Lucas atmen. Und dann kam der Knaller: „Ich werde mir durch Mamas Traurigkeit nicht mein Leben verderben lassen, Ben. So einfach ist das."

Marie stürmte ins Zimmer und sah ihm hasserfüllt in die Augen. „Du bist ja ein noch viel größeres Arschloch, als ich bisher dachte. Das ist ganz und gar unglaublich. Du wirst natürlich nicht weggehen, Lucas Peters!", schrie sie.

Lucas grinste verlegen. „Hat unsere Kleine mal wieder gelauscht?"

Marie ignorierte seinen Einwand. „Du hast hier genauso viel Verantwortung zu tragen wie alle anderen auch!"

„Was du nicht sagst."

„Ja, sage ich. Du wirst hier bleiben und Basta." Sie war ziemlich laut geworden.

196

Lucas ebenfalls. „Das werde ich nicht und ich wüsste auch nicht, wie du kleine Schnecke mich daran hindern wolltest zu gehen."

Marie sah ungläubig von Lucas zu Benjamin, der nur die Schultern zuckte. „Und du? Willst du auch abhauen?"

„Natürlich nicht, Marie. Und Luc meint das doch auch nicht ernst."

„Ich meine das verdammt ernst!", erwiderte Lucas.

***

Am nächsten Tag kam der Brief. Marie hatte mittags die Post mit reingebracht, aber Tania sah sie erst gegen achtzehn Uhr durch. Sie wollten alle mal wieder einen Abend zusammen verbringen, vielleicht ein Spiel spielen. Marie stand schon in der Küche und bereitete das Essen vor. Die Jungs waren in ihren Zimmern.

Tania ging es einigermaßen gut, aber es war ein ständiges Auf und Ab. Trotz der Hormontherapie, die sie nach langem Zögern begonnen hatte. Sie dosierte das Gel, das sie täglich auftragen musste, sehr knapp, weil sie ihre Aversion gegen Krankheiten im Allgemeinen, Ärzte im Besonderen und die Pharmaindustrie im Speziellen einfach nicht überwinden konnte.

Sie musste sich jedoch eingestehen, dass die verhasste Hormontherapie sie emotional etwas wieder ins Gleichgewicht gebracht hatte. Bei gutem Wetter konnte sie sich sogar zu einem Spaziergang aufraffen. Nicht selten wurde sie dabei von Marie begleitet, der die Bewegung auch gut tat. Gestern waren sie sogar ganze zwei Stunden durch die Felder gelaufen. Vielleicht stimmte der Spruch, dass die Zeit alle Wunden heilt, ja doch. Wer wusste das schon so genau.

Die Post bestand überwiegend aus Werbung, es wurde immer mehr. Sie mussten unbedingt mal so ein *Keine-Werbung-Schild* am Postkasten anbringen.

Bei der Metro gab es Flachbildschirme im Angebot. Beim Metzger Rippchen.

Tania sah in den Garten, vorgestern hatte es zum ersten Mal geschneit. Sie mochte die Stille, die sich durch den Schnee über die Welt legte.

Ihr Garten lag friedlich und ruhig da. Die Vögel freuten sich über das Futter, das sie ihnen in das Futterhaus geschüttet hatte. Die Sonne ließ den Schnee glitzern.

Nachdem sie den Reklamemüll durchgesehen hatte, fand sie einen Brief, der unter dem Stapel mit der Werbung gelegen hatte.

An Frau Peters, stand darauf.

Die Adresse war von Hand geschrieben. Kein Absender. Die Schrift kam ihr nicht bekannt vor. Außerdem bekam sie kaum noch private Post. Fast alle ihre Freunde und Bekannten waren dazu übergegangen, per Mail oder WhatsApp zu kommunizieren.

Einen handgeschriebenen Brief hatte sie seit Jahren nicht bekommen. Seit ihre Erbtante gestorben war, wie ihr jetzt bewusst wurde. Jene Erbtante, die nervtötend langweilige Briefe geschrieben und Briefe in gleicher Länge (mehrere Seiten) als Antwort von ihr erwartet hatte. Nun ja, es war halt eine Erbtante, Tania hatte also brav geantwortet.

Die Tante war seit Jahren tot und ihr Tod hatte dazu geführt, dass sie über ein nicht unerhebliches eigenes Vermögen verfügte, von dem sie - sie hatte damals selber nicht gewusst warum - ihrem Mann und den Kindern nie etwas erzählt hatte. Lediglich die paar

Möbel und Bilder, die sofort auf dem Trödel gelandet waren, hatte sie als ihr Erbe preisgegeben.

Tania machte den Brief mit einem merkwürdigen Gefühl auf. War der etwa von ihr? Der *Neuen* ihres Ehemannes? Und wenn ja, was würde sie ihr schreiben?

Liebe Frau Peters, es tut mir leid, dass ich Ihnen den Mann weggenommen habe?

Das ja wohl kaum.

Sie fingerte etwas aus dem Kuvert, das fester war als ein Brief. Fast so stabil wie eine Postkarte.

Aber es war keine Postkarte, sondern ein Foto.

Tania starrte auf das Bild, das etwas unscharf war. So, als sei es in aller Eile mit einem Handy aufgenommen worden, was wohl auch den Tatsachen entsprach.

Sie erkannte trotz der Unschärfe die Betonmauer, die ihr Grundstück umgab, um sie vor unliebsamen Blicken allzu neugieriger Nachbarn zu schützen, von denen es in ihrer Gegend reichlich gab.

Tania sah verständnislos auf das Foto.

Was sollte das denn? Sie sah in den Umschlag, der ansonsten leer war.

Warum schickt uns jemand so ein Foto? Und vor allem, warum weiß ich nicht, dass so etwas auf unserer Mauer steht? Eilig stand sie auf, schlüpfte im Flur in ihre Gartenschuhe und öffnete die Haustür.

„Mama?", fragte ihre Tochter besorgt, „was ist denn?"

Tania sah kurz zu Marie, versuchte ein Lächeln. „Bin gleich wieder da, Marie. Schau bitte, dass die Filets nicht anbrennen, okay?" Dann war sie aus dem Haus und ging eilig die Auffahrt hinunter auf die Straße. Ihre Hauswand sah aus, wie sie immer aussah. Keinerlei Schmierereien.

War das ein Photoshopfake? Und falls ja, warum? Wer schickte ihr so etwas?

Tania ging auf die andere Straßenseite. Die Seite, von der die Aufnahme gemacht worden sein musste. Sie sah nichts. Zögernd näherte sie sich wieder der Mauer, fuhr mit den Fingern über die Unebenheiten des Betons.

Und dann sah sie es.

Jemand hatte die Wand überstrichen. Zwar mit dem gleichen, leicht verwitterten Ton, den die Mauer im Laufe der Jahre angenommen hatte, aber wenn man wusste, worauf man achten musste, dann war es nicht mehr zu übersehen.

Sie fuhr mit den Fingern ein zweites Mal über die Betonwand. Dort, wo der rote, unfassbare Satz gestanden hatte.

Hier wohnen Drecksäue in Männergestalt!

Vor allem das Ausrufungszeichen hatte sie in Aufregung versetzt, als sie das Bild angesehen hatte. Warum, das wusste sie selber nicht.

Und dann war da noch etwas gewesen, das sie irritiert hatte. Sie bekam es aber nicht zu fassen. Ihr Gehirn wollte es nicht an die Oberfläche spülen.

Etwas an dem Satz stimmte nicht!

Tania ging zurück ins Haus, schenkte ihrer Tochter ein beruhigendes Lächeln, das diese keineswegs beruhigte, was Tania aber nicht bemerkte. Sie sah wieder auf die Fotografie. Was stimmte da nicht?

Hier wohnen Drecksäue in Männergestalt!

Plural!
Tania hielt den Atem an. Es ging gar nicht um ihren treulosen Ehemann, wie sie automatisch angenommen hatte. Es ging gar nicht um Konstantin, seine Geliebte oder bald Frau und schon viel zu bald Mutter. Es ging um mehrere Männer. Aber welche?
Tania spielte mit dem Bild in ihrer Hand herum, während sie nachdachte, dann drehte sie es um und sah die Rückseite.

Fragen Sie Ihre Söhne!

Das stand dort mit der gleichen, etwas ungeschickten Schrift, die auch die Adresse geschrieben hatte. Einer Schrift, der man ansah, dass der Absender eher an das Tippen auf einem Computer gewohnt war als an das Schreiben mit Hand.

Fragen Sie Ihre Söhne!

Tania blieb noch eine Weile sitzen und dachte nach, dann rief sie laut nach Lucas und Benjamin.
Ihre Stimme klang schrill, das hörte sie selber, aber es war ihr egal. Marie sah verunsichert zu ihr rüber.

202

„Mama, was ist denn?" Lucas und Benjamin kamen fast zeitgleich die Treppe runter gepoltert und setzten sich mit fragendem Blick zu ihr an den Küchentisch, auf dem schon die Teller standen, die Marie dort platziert haben musste, während sie draußen gewesen war.

Marie selber hielt sich abseits auf eine Fensterbank gestützt und sah ihre Mutter beunruhigt an.

„Was ist denn, Mama?", fragte Ben und lächelte leicht unsicher.

„Das wüsste ich gerne von euch", erwiderte Tania und legte das Foto auf den Tisch.

„Scheiße!", entfuhr es Lucas.

„Das solltest du gar nicht sehen, Mama", meinte Ben zerknirscht, „damit wollten wir dich nicht belasten." Tania schnaubte kurz durch die Nase. „Damit wolltet ihr mich nicht belasten?"

Nun mischte Marie sich ebenfalls ein. „Wirklich, Mama, das ist nichts. Da hat sich bloß jemand einen üblen Scherz erlaubt. Claudi hat es überstreichen lassen."

„Marie, mir wurde nicht das Gehirn entfernt!", sagte Tania scharf.

„Natürlich nicht, Mama", erwiderte ihre Tochter erschrocken. In dem Ton hatte ihre Mutter noch nie mit ihr geredet.

Tania drehte das Foto auf die Rückseite, knallte es vor ihre Söhne auf Tisch und sah sie an. „Also, was hat das zu bedeuten? Und vor allem, wer sprüht uns diese Scheiße auf die Hauswand?"

Sie klang energisch wie lange nicht.

Lucas zuckte mit den Achseln. „Ehrlich, Mama, wir wissen es nicht. Absolut keinen Plan, was das zu bedeuten hat." Er zwinkerte seiner Mutter zu. So, als hätte ihr sechsjähriger Sohn sich einen kleinen, harmlosen Scherz erlaubt.

Tania spürte, wie Hitze in ihr aufstieg. Energisch beschloss sie, die aufkommende Hitzewallung und den unweigerlich damit verbundenen Schweißausbruch nicht zuzulassen. Wie durch ein Wunder gelang es sogar. Es bildete sich keiner der verhassten Schweißfilme auf Stirn oder Nacken. Während Marie die Gefühle in den Gesichtern ihrer Mutter und ihrer Brüder zu deuten versuchte, überlegte sie, ob die Mutter vielleicht einen Ausweg wusste, der ihr - immerhin war sie gerade mal sechzehn Jahre alt - einfach nicht einfallen wollte.

Aber konnte sie ihre Brüder verraten?

„Nun ja ...", sagte sie und räusperte sich.

„Du hältst dich da raus, Marie!", zischte Lucas.

Tania sah zu ihrer Tochter, die zuckte nur mit den Achseln.

Dann sah Tania ihren zwei Söhnen fest in die Augen. „Wenn Marie weiß, was diese Schmiererei auf unserer Mauer zu bedeuten hat, dann wisst ihr es erst recht." Sie machte eine bedeutsame Pause, dann fuhr sie fort. „Und ich werde es in einer Minute auch wissen!" Sie sagte das in einem so scharfen Ton, dass sogar Lucas kurz zusammen zuckte.

Ben rutschte unruhig auf dem Sessel hin und her. „Wirklich, Mama, du musst dich damit echt nicht belasten."

Tania schnappte nach Luft, dann knallte sie ihre flache Hand so energisch auf die Tischplatte, dass ihre Kinder erschrocken zusammenzuckten. „Es reicht! Hört endlich auf, mich wie ein Kleinkind zu behandeln! Ihr seid meine Söhne und ich bin eure Mutter! Punkt! Ihr werdet mir jetzt sofort sagen, was das zu bedeuten hat."

Lucas wand sich unter dem Blick der Mutter, den er so streng noch nie empfunden hatte.

„Ben hat eine Frau geschwängert", entfuhr es ihm.

„Lucas!" Benjamin funkelte seinen Bruder wütend an.

„Was?" Tania sah erst zu Luc und dann schockiert zu Ben, dessen Hände zu zittern begannen. Ben blickte sich unruhig im Raum um, dann wischte er sich über die Stirn und sah seiner Mutter flehend in die Augen.

Tania musste an ihre eigene, nicht gewollte Schwangerschaft denken. Die Schwangerschaft, die ihr diese zwei wunderbaren Söhne geschenkt hatte.

Und nun machte einer von ihnen sie zur Großmutter. Sie horchte in sich hinein. Was fühlte sie? War das etwa ein Hauch von Glück?

Alles würde gut, auch wenn sie Ben etwas mehr Zeit gewünscht hätte. Sie sah ihren Sohn mit einem liebevollen Blick an. „Tja Ben, dann wird es jetzt wohl etwas ernster in deinem Leben, als du dir vorgestellt hast." Tania zögerte kurz, dann lächelte sie. „Und ich werde Oma. Ganz schön früh, wenn Du mich fragst." Ihr Lächeln wurde breiter.

Das Gefühl, das gerade noch ihre Brust unangenehm eingeschnürt hatte, verwandelte sich tatsächlich in Glück. Sie würde ein Enkelkind bekommen.
Ein neues Lebewesen, um das sie sich kümmern
konnte.

Den Satz auf der Mauer hatte sie völlig verdrängt.

Marie stieß sich vom Fensterbrett ab, ging zum Stuhl
und setzte sich auf die Lehne neben ihre Mutter. „So
einfach ist das leider nicht, Mama."

„Natürlich ist das nicht einfach, Marie. Ben ist jung.
Zu jung eigentlich. Aber das schaffen wir schon. Gemeinsam." Sie lächelte und sah von ihren zwei Söhnen zu Marie und wieder zurück, dann begann sie zu
frieren.

„Oder?", fragte sie und ein Schauder lief ihr über
den Rücken.

Marie sah sie an. „Das Problem ist …"

„Marie, du hältst dich da jetzt gefälligst raus!",
zischte Lucas.

Tania ignorierte ihren Sohn und sah ihre Tochter an.
„Was ist das Problem, Marie?"

Marie sah sie an und Tania erblickte eine Unsicher-
heit - oder war es Wut? -, die sie in den Augen ihrer
Tochter noch nie gesehen hatte. Marie zuckte mit
den Schultern und versuchte cool zu sein. „Das
Problem ist, dass beide die Frau gevögelt haben und
Lucas genauso gut der Vater sein kann."

„Marie!" Lucas warf ihr einen wütenden Blick zu.

„Großer Gott." Tania Peters besaß genug medizinisches Wissen, um die Tragweite dieser Aussage sofort zu begreifen. „Die Frau hat mit euch beiden geschlafen?" Sie sah von Lucas zu Benjamin.

„Ja, nur wusste sie das nicht", meinte Marie, die beschlossen hatte, die Geschichte nun komplett auf den Tisch zu legen.

„Marie, jetzt reicht es aber!", schrie Lucas und wollte aus dem Zimmer stürmen.

„Du bleibst hier", sagte Tania scharf, „und setzt dich gefälligst wieder hin. Sofort!" Sie deutete auf den Stuhl und ihre Geste machte jeden Widerspruch unmöglich.

Lucas stutzte, dann schnappte er sich kleinlaut wie selten einen Stuhl und setzte sich zögernd.

Tania Peters starrte an die Wand und dachte nach, während ihre Kinder sie verlegen ansahen. Die Stille war kaum auszuhalten.

Nach einer Weile blickte sie ihre zwei Söhne an. Ben und Luc, die sie über alles liebte. Das konnte doch nicht wahr sein. Dazu waren sie nicht fähig. Dazu nicht! Sie sah zu Ben. „Stimmt es, was Marie sagt?" Ihre Stimme zitterte.

Benjamin nickte beklommen. Ihr Sohn Benjamin. Ihr kleiner Sohn.

Tania schwieg lange, dann krächzte sie mehr als das sie sprach. „Ihr seid nicht mehr meine Söhne. Verlasst dieses Haus und kommt nie wieder." Ihre Stimme war leise, trotzdem verstanden die Kinder jedes Wort.

„Aber Mama ..." Ben fing fast an zu heulen.

„Raus!"

Lucas sah sie an. „Aber, das kannst du doch nicht ..."

„Raus!", schrie sie.

„Spinnst du jetzt total? Wir wohnen schließlich auch hier!" Lucas versuchte, Entrüstung in seine Stimme zu legen, aber jeder merkte ihm seine Unsicherheit an.

„Halts Maul, Lucas", fauchte Ben. „Du hast uns diese ganze Scheiße doch eingebrockt. Du mit deinem blöden *Extra-Kick*, den es dir gibt, wenn die Frauen nicht wissen, mit wem sie es zu tun haben."

Tania zog scharf die Luft ein, wischte sich energisch einen Schweißfilm von der Stirn und sah ihre Söhne an.

„Ich habe auf ganzer Strecke versagt. Ich habe euch zu Männern erzogen, die keinerlei Achtung vor Frauen haben."

„Mama!" Lucas wirkte zum ersten Mal so, als würde er gleich die Fassung verlieren.

Marie nahm die Hand ihrer Mutter. „Nun gib dir doch nicht die Schuld daran, Mama."

„Ich habe sie erzogen. Ich habe sie zu dem gemacht, was sie heute sind. Mistkerle."

„Mama!" Lucas Stimme bebte.

Marie schnaubte. „Das ist doch kompletter Blödsinn, Mama. Die sind schon als Mistkerle auf die Welt gekommen!"

„Aber ich doch nicht", meinte Ben und sah seine Schwester hilflos an. Dann fing er an zu weinen.

„Ach, aber ich wohl, oder was?" Lucas ging auf Ben los.

„Du Arsch hast doch mitgemacht." Er packte ihn am Kragen.

Okay, prügeln sie sich halt, dachte Marie.

„Lass mich in Ruhe, Lucas Peters", zischte Ben leise und sah seinem Zwillingsbruder in die Augen. „Ich will nie wieder etwas mit dir zu tun haben. Nie wieder, verstehst du?"

Lucas ließ Bens Kragen los und sah ihn für einen Moment schockiert an, dann drehte er sich um und stürmte aus dem Zimmer.

Sie hörten ihn die Treppe hochjagen, immer zwei oder drei Stufen auf einmal nehmend.

Und dann hörten sie Lucas fallen.

***

Sie erreichten gleichzeitig die Treppe.

Lucas lag merkwürdig verdreht am Boden, den Kopf auf der ersten Stufe, aber er war bei Bewusstsein.

Aus einer kleinen Platzwunde auf der Stirn blutete es leicht.

Ben reichte ihm die Hand und wollte ihm aufhelfen.

„Nicht bewegen", sagte Tania schnell, ging neben ihrem Sohn in die Hocke und fühlte seinen Puls.

Der Pulsschlag war normal, Gott sei Dank.

Die Augen klar. Seine Atmung ging ebenfalls normal, soweit sie das beurteilen konnte.

Keine schwereren Verletzungen, so wie es aussah.

„Wie fühlst du dich?", fragte sie ihn mit banger Stimme und streichelte ihm über die Wange.

„Meine Beine", presste Lucas mühsam hervor. „Ich spüre meine Beine nicht".

Wenn Tania vor ein paar Minuten noch das Gefühl gehabt hatte zu frieren, dann wurde ihr Innerstes nun zu Eis. Sie wusste, dass sie leichenblass war, versuchte aber, die Ruhe zu bewahren. „Ben, ruf einen Krankenwagen, schnell. Verdacht auf Wirbelsäulenfraktur, sag das dazu."

Dann sah sie Lucas an, der mit schreckensstarren Augen zurückblickte. „Du musst ganz ruhig liegen bleiben. Wir müssen sicher gehen, dass nichts gebrochen ist, okay?" Er nickte.

„Kein Grund zur Panik, Luc." Sie hielt seine Hand und streichelte seine Wange.

Aber Lucas Peters sah seiner Mutter an, dass durchaus Grund zur Panik bestand.

Als sie die Sirenen hörten, lief Ben auf die Straße, um dem Notarzt den Weg zu weisen. Eine große, sehr hagere Frau mit raspelkurzen Haaren und einer Arzttasche in der Hand folgte Ben ins Haus, kurz dahinter kam ein junger Mann, wohl ein Rettungssanitäter. Die Ärztin leuchtete Lucas mit einer Lampe in die Augen, fühlte seinen Puls und stellte ein paar Fragen, die er mit schwacher Stimme beantwortete. Dann gab sie ein paar Anweisungen an den Sanitäter.

***

Marie machte sich die schrecklichsten Vorwürfe. Wenn sie das Geheimnis über diese Scheiß-Schwangerschaft nicht ausgeplaudert hätte, wäre es nicht zu dem schlimmen Streit gekommen. Und ihr Bruder wäre nicht die Treppen runtergefallen.

Seit einer Stunde tigerte sie nun schon mit Ben und ihrer Mutter über den Flur des Krankenhauses, in das man Lucas gebracht hatte.

Ihre Mutter war im Krankenwagen mitgefahren, während sie mit Ben im Auto hinterher gefahren war. Ben hätte vor lauter Nervosität fast einen Unfall gebaut, als er bei Rot eine Ampel überfuhr. Lucas war auf die Neurologische Station gebracht worden und wurde nun durchgecheckt.

Die Notärztin hatte sich auf keinerlei Diagnose festlegen wollen und nur auf die gut ausgebildeten Spezialisten in der Klinik verwiesen.

Und auf deren Urteil warteten sie nun. Seit mehr als einer Stunde. War das ein gutes oder ein schlechtes Zeichen, dass es so lange dauerte?

Marie sah ihre Mutter an. „Wir müssen Papa anrufen", sagte sie mit einem fragenden Ton in der Stimme.

Ihre Mutter, noch immer leichenblass, nickte nur.

Also zog Marie ihr Handy aus der Tasche und ging ein paar Schritte zu einer Sitzecke, die aus ein paar grünen Stühlen und einem schiefen Tisch bestand. Sie setzte sich, schaute auf die Gala, die auf dem

Tisch lag, ohne zu erkennen, wer die Schönheit auf dem Titelbild war, und rief den Vater an.

Als er zehn Minuten später knallrot im Gesicht und mit verwehtem Haar in den Flur stürmte, wussten sie so viel wie vorher. Nämlich nichts.

„Wie geht es ihm?", fragte ihr Vater atemlos und sah erst sie, dann Ben und dann ihre Mutter an.

„Wir wissen noch nichts", meinte Ben mit bebender Stimme. „Luc wird noch untersucht."

„Was ist denn nur passiert, dass der Junge die Treppen hinabstürzt?"

„Es gab einen Streit ...", setzte Marie an.

„Das ist jetzt völlig unwichtig", wurde sie von ihrer Mutter unterbrochen. „Das Einzige, was jetzt zählt, ist Lucas."

Marie sah zu ihrem Vater, dann begann sie zu weinen. „Ich bin an allem schuld", schluchzte sie.

„Wenn jemand Schuld hat, dann ich", meinte Ben, dem die Panik im Gesicht stand.

„Schluss jetzt! Es reicht!"

Marie sah verblüfft zu ihrer Mutter, die energisch die Schultern straffte.

„Niemand ist Schuld und jetzt hört auf, Euch gegenseitig verrückt zu machen."

Dann sahen sie einen kleinen, dicklichen Mann mit energischem Kinn, ernstem Gesicht und fliegendem Arztkittel auf sie zukommen.

Marie hielt den Atem an, ihr Herz klopfte bis in den Kopf.

„Herr und Frau Peters?", fragte der Arzt und schob beide Hände in die Kitteltaschen. So, als wollte er einem Händedruck entgehen.

„Ja." Die Stimme ihres Vaters zitterte. „Was ist mit unserem Sohn?"

Der Arzt lächelte beruhigend. „Ein Lendenwirbel ist angebrochen. Genaueres werden wir morgen wissen, wir müssen operieren."

„Was genau heißt das?", fragte Ben.

„Das kann ich Ihnen zum jetzigen Zeitpunkt wirklich nicht sagen. Aber seien Sie sicher, dass der junge Mann bei uns in den besten Händen ist."

Marie sah ihre Mutter an, die blass, aber gefasst wirkte.

„Dürfen wir zu ihm?", fragte sie den Arzt.

„Natürlich dürfen Sie das, er wird in den nächsten Minuten auf ein Zimmer verlegt. Fragen sie einfach da vorne bei den Schwestern nach."

Tania sah ihren Sohn an. „Wir müssen über diese Schwangerschaft reden, Ben."

„Das ist doch jetzt völlig unwichtig, Mama."

Sie saßen in der Cafeteria des Krankenhauses, um kurz etwas zu essen. Marie und Konstantin waren bei Lucas geblieben.

Mit angststarrem Blick hatte er sie angesehen, als er auf einer Trage aus dem Fahrstuhl gefahren wurde. Der Pfleger, der ihn transportierte, gehörte zu der Kategorie Witzbold und versuchte, seinen Patienten mit flachen Späßen aufzuheitern, was an Lucas komplett abprallte.

Ohne ein Wort hatte er von seinen Eltern zu Ben und Marie geschaut und wieder zurück.

Tania war ein kalter Schauer nach dem nächsten über den Rücken gelaufen, während sie schweigend seine Hand nahm und sie ihn alle in das Zimmer begleiteten.

In der Kürze der Zeit hatte Konstantin für ein Einzelzimmer gesorgt, wofür Tania ihm dankbar war.

„Du musst mir erzählen, was genau passiert ist." Sie sah Ben an. Ihr Sohn zuckte nur mit den Schultern und schaute hinaus in die Dunkelheit des Krankenhausgartens.

Der Schnee, der tagsüber so freundlich geglitzert hatte, war in Regen übergegangen. Die Regentropfen liefen in schmutzigen Schlieren die Fenster hinab.

Tania hatte sich schon zum dritten Mal Zucker in den Kaffee getan, ohne es überhaupt zu merken. „Wer ist die Frau, Ben?"

Endlich sah er sie an, der Kummer in seinem Blick zerriss ihr fast das Herz. Ihr kleiner Junge!

Ben räusperte sich. „Caro, meine frühere Chefin aus der Agentur. Wir haben - hatten ein Verhältnis. Sie hat mir nicht gesagt, dass sie schwanger ist, bis es zu spät war."

Ben schwieg wieder, scheinbar mit seinen Gedanken ganz woanders. Bei Lucas, wo auch sonst.

Tania überlegte kurz. Wollte sie wirklich die ganze Wahrheit hören. „Und was hat Lucas damit zu tun?", fragte sie leise.

Ben zuckte nur mit den Achseln, dann sah er sie an. „Du hast recht, Mama. Wir sind Arschlöcher."

„Ach Ben."

Eine Schwester ging mit eiligen Schritten an ihnen vorbei, kaufte sich an der Theke ein Schinkenhörnchen, biss hinein und eilte weiter.

Die haben auch einen Stressjob, ging es Tania durch den Kopf. Eine Weile saßen sie schweigend da und rührten in ihren Kaffees. „Und was sagt diese Caro zu der ganzen Situation?", fragte Tania.

Wieder zuckte Ben die Schultern. „Ich wollte mit ihr reden, aber sie lässt sich verleugnen. Ich bekomme sie nicht ans Telefon. Meine Nachrichten beantwortet sie nicht. Vermutlich liest sie sie nicht mal."

„Aber du weißt doch, wo sie wohnt, oder?"

„Klar."

„Dann fahr zu ihr und passe sie ab. Ihr müsst die Situation klären."

„Aber wie denn nur? Das ist doch überhaupt nicht zu klären. Das ist doch bloß eine ganz große Scheiße. Alles ist eine ganz große Scheiße", rief er verstört.

Tania strich beruhigend über seine Hand. „Jetzt warten wir erst einmal ab, was die OP morgen ergibt, und danach musst du mit dieser Frau sprechen, Ben. Das kannst du nicht einfach aussitzen."

***

Caro schnappte sich ihre Autoschlüssel, die an dem kleinen Schlüsselbrett über der Kommode im Flur hingen, und machte sich auf den Weg zur Agentur. Die letzten Wochen hatte sie sich in die Arbeit geflüchtet. Sich förmlich in Arbeit vergraben. Und versucht, nicht an den Vater - die Väter - ihres Kindes zu denken.

Ben schickte noch immer Nachrichten, die sie allesamt unbeantwortet ließ. Sie las sie nicht einmal.

Sie freute sich auf die Geburt, auch wenn sie den Schatten, der über allem lag, nicht ganz wegschieben konnte.

Eine von zwei großen Hürden hatte sie sofort genommen. Es John zu sagen. Das Telefonat mit den Eltern stand ihr allerdings noch bevor. Sie verschob es von Abend zu Abend.

John war mehr als erschüttert gewesen, als sie ihm von ihrer Schwangerschaft berichtete, und er nach und nach die ganze Tragweite begriff. Genau wie Laura war er der Meinung, dass sie *die Scheißkerle*, wie er sie nannte, nicht ungestraft davonkommen lassen dürfe.

Aber sie wollte einfach nur noch ihre Ruhe haben.

Es war ein Schock, als sie ihn an ihrem Auto stehen sah. Ben - oder den Bruder. Egal, einen der beiden eben. Sie ging wortlos an ihm vorbei und schloss ihr Auto auf.

„Caro, bitte lass uns reden."

„Ich rede nur mit Menschen, nicht mit Arschlöchern. Schon gar nicht, wenn sie im Doppelpack vorhanden sind."

„Es tut mir leid, wirklich. Das ist alles total aus dem Ruder gelaufen."

Langsam drehte sie sich um und sah ihm in die Augen.

„Das ist aus dem Ruder gelaufen? Mehr fällt dir dazu nicht ein?", schnaubte sie verächtlich.

„Du wolltest das Kind ja unbedingt." Er klang trotzig.

„Jetzt hör mir mal gut zu, wen auch immer ich gerade vor mir habe. Alles, was ich jetzt sage, richtet sich an dich und deinen Twin, also merk es dir gut und gebe es weiter."

Er sah sie hilflos an. „Aber ich bin es doch, Ben."

„Vielleicht ja, vielleicht nein. Ich werde es nie wissen."

„Wirklich Caro, ich ..."

„Es gibt kein ich. Ihr seid zu zweit und ihr habt mich komplett verarscht."

„Ach Caro …" Er sah sie an.

Sie erwiderte seinen Blick kalt. „Kapiert ihr eigentlich irgendwas? Oder ist für euch das ganze Leben nur ein lustiges Spiel?"

Er strich sich über die Stirn. „Nein, ein Spiel ist das alles schon lange nicht mehr."

Etwas ließ sie kurz zögern. Er klang seltsam traurig. Aber sie wollte sich damit nicht beschäftigen. Sie wollte weg. Energisch schloss sie ihren Wagen auf.

Er stellte sich ihr in den Weg, als sie einsteigen wollte.

„Lass mich sofort vorbei!" Ein scharfes Ziehen im Unterleib ließ sie zusammenzucken.

„Alles okay, Caro? Soll ich ...?"

„Fass mich ja nicht an", zischte sie. „Verschwindet aus meinem Leben, alle beide. Endgültig und für immer. Habe ich mich klar genug ausgedrückt?"

„Caro, bitte, können wir nicht ...?"

Der Schmerz in ihrem Unterleib nahm zu.

„Ich habe mich also nicht klar genug ausgedrückt?" Sie versuchte sich gerade zu halten, obwohl es ihr schwer fiel. „Okay. Dann noch mal zum Mitschreiben: Du und dein Bruder, ihr seid Abschaum." Sie zögerte einen Moment, dann sah sie dem Mann ihr gegenüber fest in die Augen. „Nein, das wäre ungerecht. Ich meine, dem Abschaum gegenüber." Er sah aus, als würde er jeden Moment zu weinen beginnen. Benjamin oder Lucas, wen auch immer sie vor sich hatte.

Es war ihr egal.

Sie stieg ins Auto und fuhr los, das Ziehen im Unterleib ignorierend.

Zwei Stunden später konnte Caro vor Schmerzen nicht mehr auf ihrem Schreibtischstuhl sitzen. Sie rief John über die Hausanlage an. „Ich brauche Hilfe, John", brachte sie nur noch gepresst hervor.

„Was ist los?"

„Schmerzen", keuchte sie ins Telefon, während sie versuchte, ruhig zu atmen.

„Bin sofort da."

Sekunden später stand er in ihrem Büro, überblicke kurz die Situation, rief Martha etwas zu und kniete sich vor sie.

„Ganz ruhig, Caro. Gleich kommt Hilfe."

Sie konnte sich nicht mehr halten, rutschte vom Stuhl und glitt auf den Boden. John fing sie auf, legte ihr ein Kissen unter den Kopf, vielleicht war es auch sein Pullover. Er sagte irgendwas, das sie nicht mehr verstand. Dann wurde alles schwarz.

Als sie wieder wach wurde, war ein fremdes Männergesicht über ihr und lächelte sie beruhigend an. „Wir legen Sie jetzt vorsichtig auf eine Trage, Frau Blumenberg, und dann fahren wir in die Klinik. Dort sind sie besser aufgehoben als hier auf dem Boden", sagte das Gesicht. Das Ziehen in ihrem Unterleib hatte etwas nachgelassen, aber sie fühlte sich hundeelend.

Caro blicke sich vorsichtig um und sah John, der neben ihr kniete und beruhigend ihre Hand tätschelte. Dann kam ein weiterer Mann mit einer Trage ins Zimmer, die er eilig aufklappte und direkt neben sie stellte.

Caro versuchte sich aufzurichten, aber es gelang ihr nicht.

„Bleiben Sie einfach ganz ruhig liegen, wir heben Sie auf die Trage." Wieder dieser beruhigende Blick des jungen Mannes. Zu jung für einen Arzt. Vielleicht ein Sanitäter. Er hatte ein kleines Tattoo am Hals. Was es darstellen sollte, konnte sie nicht genau erkennen. Ihr war schwindelig und übel.

Die Übelkeit verstärkte sich noch, als sie auf die Trage gehoben wurde. Ihre Kollegen standen in diskretem Abstand in den Türen ihrer Büros, als man sie durch den Agenturflur trug.

„Komm schnell wieder", rief Roberta.

Caro war zu schwach, um zu antworten. John fuhr mit ihr im Krankenwagen in die Klinik und versuchte sie abzulenken, indem er irgendwelche Anekdoten von irgendwelchen Bands erzählte.

Caro hörte gar nicht zu. Sie fühlte zu genau, dass etwas nicht stimmte. Absolut nicht stimmte. In ihrem Bauch, mit ihrem Baby. Sie legte eine Hand auf den Bauch und begann zu weinen.

„Pssst, nicht weinen." John tätschelte ihren Arm.

„Ich verliere das Kind", flüsterte sie. Ihrer Stimme war die einer Fremden.

„Quatsch", erwiderte John, aber in seinen Augen konnte sie lesen, dass er ihre Befürchtung teilte. Im Krankenhaus wurde Caro sofort in den OP geschoben. John blieb am Empfang und kümmerte sich um die Formalitäten.

Sie lag auf dem OP-Tisch und starrte auf die riesige Lampe, die über ihr hing. Sie war nicht eingeschaltet, der Raum war nur in ein schummriges Licht getaucht. Irgendwo summte etwas.

Der Arzt würde jeden Moment kommen, hatte eine freundliche Krankenschwester ihr gesagt, nachdem sie Blut abgenommen und den Raum wieder verlassen hatte. Es dauerte ewig, Stunden, so kam es ihr vor. Aber niemand kam. Hatte man sie vergessen?

222

Ihre Schmerzen hatten sich gelegt, das ungute Gefühl blieb.

Was, wenn das eine Fehlgeburt ist? Was mache ich dann? Was wird dann aus mir?

Caro erschrak zu Tode, als die Tür mit einem freundlichen *Hallo* aufging und ein riesiger, breiter Mann im weißen Kittel den Raum betrat. Um seine freundlichen Augen bildeten sich jede Menge Fältchen, als er ihr lächelnd die Hand gab und sich als Dr. Gantner vorstellte. „Wir machen als erstes einen Ultraschall, Frau Blumenberg. Danach wissen wir mehr."

***

Marie hatte einen Klos im Hals als sie die Klingel drückte. Peters stand da. Nur Peters.

Ihr Vater wohnte also wohl noch alleine in der Wohnung, die Neue würde hoffentlich nicht da sein. Marie hatte sich telefonisch angemeldet. Ein letztes Mal wollte sie versuchen, ihren Vater zu überreden, zurück nach Hause zu kommen. An seinen Anstand appellieren, seine Verantwortung. So hatte sie es sich vorgenommen.

Er klang am Telefon, als sei er froh, von ihr zu hören. Das machte ihr Mut. Der stieg, als ihr Vater sie lächelnd in den Arm nahm und ein *wie schön* oder so in ihr Haar murmelte. Vielleicht hatte sie sich aber auch verhört.

Sie gingen zusammen in ein winziges Wohnzimmer, vom Fenster aus blickte man auf hässliche Hochhäuser. Lärm von der Straße klang herauf, obwohl alle Fenster zu waren.

Marie sah ihren Vater an. „Das ist ja nicht gerade groß hier."

Er lachte. „Stimmt, ich habe auf die Schnelle nichts anderes gekriegt. Aber das ist ja jetzt bald vorbei."

Marie sah ihn fragend an. „Möchtest du was trinken?", fragte er.

„Hast du Cola light?" Wieder dieses Lachen, klang er unsicher? „Cola ist da, aber ohne light."

„Dann eben ohne light." Sie grinste ihn an.

„Es ist gut, dass wir mal wieder miteinander reden, Marie", sagte ihr Vater, nachdem er ihr etwas umständlich ein Glas Cola eingeschenkt hatte. Und für sich einen Wein.

Ganz schön früh für Wein, fand sie.

Dann sagte er nichts mehr. Ein komisches Schweigen breitete sich aus. Die Wohnung war extrem hässlich. Hatte ihr Vater keinen eigenen Geschmack oder war die Wohnung möbliert vermietet worden? Diese Lampen konnte er doch unmöglich selber ausgesucht haben.

Sie blickte an die Decke. „Ganz schön hässliche Lampen."

„Kann man wohl sagen. Ich bin froh, wenn ich hier wieder raus bin." Er räusperte sich. „Wie läuft es denn so zuhause?"

„Willst du das wirklich wissen?"

„Natürlich, Marie!"

„Lucas geht es sehr schlecht."

„Ja, ich weiß. Das ist so schrecklich. Der arme Junge." Er sah sie wieder an. „Und ihr anderen? Ich meine, kommt ihr klar?"

„Nein, wir kommen nicht klar!"

Ihr Vater rutschte unruhig auf dem abstoßend beigen Sofa hin und her.

Marie sah ihn an. „Du musst zurückkommen, Papa, wir schaffen das nicht ohne dich."

„Ach Marie."

„Ach Marie, ach Marie. Was soll das denn heißen?"

„Es geht einfach nicht, Marie."

„Es muss gehen."

225

„Luc geht doch jetzt bald in die Reha, oder?"

„Na und? Die ist auch irgendwann wieder vorbei und dann …" Sie ließ den Satz unvollendet.

Zu schrecklich war die Vorstellung, dass ihr Bruder, den sie natürlich liebte, auch wenn er sich als Arschgeige entpuppt hatte, sein Leben vielleicht im Rollstuhl würde verbringen müssen.

Marie sah ihren Vater fest an. „Lucs Unfall ist nichts, auf das man ein Micky-Mouse-Pflaster klebt und alles ist wieder gut, Papa. Wir brauchen dich zuhause. Also, kommst du wieder zurück oder nicht?" Sein Hals wurde rot, er trank einen ziemlich großen Schluck Wein. Dann sah er sich unsicher im Zimmer um, fand aber wohl nicht, was er suchte. Falls er was suchte.

Endlich schaute er ihr wieder in die Augen. „Ich ziehe hier nächste Woche aus, Marie. Sophie und ich haben ein tolles Haus in der Stadt gefunden, es ist …"

Sie nickte. „Verstehe."

Dann stand sie auf und ging zur Tür.

„Nun warte doch, Marie, wir können doch darüber …"

Der Rest des Satzes ging in dem Knallen der Haustür unter.

Mit dem Mann in dem hässlichen Wohnzimmer würde sie nie wieder ein Wort wechseln.

Caro musste drei Tage im Krankenhaus bleiben. Unter Vollnarkose hatte man ihr das tote Kind aus dem Leib gekratzt. So jedenfalls empfand sie es, wenn sie daran dachte.

John war fast ständig da. Die Kollegen in der Agentur würden ganz schön rotieren ohne ihre zwei Chefs.

Caro weinte viel, aber ganz allmählich schlich sich neben die Trauer um das verlorene Kind ein weiteres Gefühl. Ein Gefühl der Erleichterung, auch wenn sie es sich erst nicht eingestehen wollte. Das Leben lag wieder vor ihr, wie ein unbeschriebenes Blatt Papier. Alles war offen. Vielleicht würde sie Kinder haben, vielleicht nicht.

Die Fehlgeburt habe nicht zu einer Unfruchtbarkeit geführt, wie Dr. Gantner versicherte, während er abwechselnd sie und John ansah. Wenn sie sich bereit fühlten, könnten sie es erneut versuchen.

Caro hatte John angelächelt und sie waren stillschweigend übereingekommen, den Arzt nicht über seinen Irrtum aufzuklären.

„Was wird jetzt nur aus mir, John?", fragte sie, als der hünenhafte, freundliche Doktor das Zimmer wieder verlassen hatte.

Er lächelte sein zärtlichstes John-Lächeln. „Du bist die große Carolina Blumenberg. Aus dir muss nichts mehr werden. Du bist schon perfekt."

Seufzend schloss sie die Augen. Tränen liefen ihr die Wangen herunter. „Ich komme mir so schuldig vor", sagte sie nach einer Weile.

„Warum das denn?"

„Weil ich auch … irgendwie …" Sie konnte den Satz nicht zu Ende sprechen.

„Weil du erleichtert bist?"

Wie gut er sie doch immer noch kannte. „Ja."

Er drückte ihr einen Kuss auf die Stirn, sagte aber nichts weiter.

„Kannst du noch ein bisschen bleiben und meine Hand halten, John?"

„So lange du willst, Caro."

***

Drei Wochen nach ihrer Krankenhausentlassung
kam das Angebot aus den Staaten.

„Willst du die Tour für Amerika betreuen?", hatte
Mitch sie gefragt und sie hatte lachend abgelehnt.

Abends, allein auf ihrer Terrasse, einen ihrer gelieb-
ten Blumenbergs vor sich, dachte sie darüber nach,
ob es nicht an der Zeit sei, ihre Zelte hier abzubre-
chen.

Die Agentur würde ohne sie weiter laufen, sie war
nicht unersetzlich. Kein Mensch war das. Wie würde
John darauf reagieren? Vermutlich würde er einen
Tobsuchtsanfall bekommen.

Die Staaten, wie sehr hatten sie sich immer gewünscht, eine Zeit lang dort zu leben. In New York,
dieser prickelnden, intensiven, aufregenden Stadt,
die sie nur als Touristen kannten. Zusammen mit
John hatte sie Pläne geschmiedet. Aber dann war
ihnen die Agentur dazwischen gekommen. War das
jetzt ihre Chance? Ein Wink des Schicksals? Die
Agentur von Stupid Prada war in New York, soviel
wusste sie. Mehr aber auch nicht. New York, ihre
Traumstadt.

Vier Tage und unzählige Telefonate später, lud sie
John nach Feierabend zum Essen ein. In die kleine
Trattoria gegenüber der Agentur. Es roch nach Pasta
und Knoblauch. Aus den Boxen erklang kitschiger
italienischer Schlager.

John nahm ihre Hand. „Wie geht es dir, Caro?"

229

Er merkt noch immer, wenn mir etwas auf der Seele brennt, ging es ihr durch den Kopf.

„Ich bin okay. Kein Grund zur Sorge."

Er entspannte sich, während er in die Karte sah und auswählte. „Wollen wir einen Wein teilen, ich muss noch fahren?"

Nachdem sie bestellt hatten, Pizza für ihn und Pasta für sie, holte Caro Luft. „John, ich muss etwas sehr Ernstes mit dir besprechen."

Er sah sie fragend an.

„Nachdem, was passiert ist ... mit diesen Typen ... brauche ich unbedingt Abstand. Ich muss einfach für eine Weile hier raus. Ich hoffe, das verstehst du?", schob sie hastig hinterher. Sie wollten ihm keine Zeit zum Nachdenken geben.

Er lächelte. „Natürlich verstehe ich das, Caro. Nimm doch einfach zwei oder drei Wochen Urlaub. Vielleicht täte es dir gut, wenn du mal wieder deine Eltern besuchen würdest, hm? Toskana. Blauer Himmel, grünes Meer. Lesen, Musik hören, ausruhen."

Der Kellner stellte große, dampfende Teller vor sie auf den Tisch.

Caro nahm ihr Besteck, dann blickte sie John an und meinte, ein Verstehen darin lesen zu können. Sie schwiegen eine Weile und begannen zu essen.

„Du willst ganz hier weg?"

„Nicht für immer, John. Wirklich nicht. Aber für eine Weile."

„Und wie lang ist eine Weile, Caro?"

Sie zuckte die Schultern.

„Wohin wirst du gehen?" Seine Stimme klang belegt.

230

„Nach New York. Mitch hat mir ein Angebot gemacht."

Sie wagte es nicht, ihrem besten Freund, der mal ihre
große Liebe gewesen war, in die Augen zu sehen.

„Ich habe erst abgelehnt. Aber dann erschien es mir
plötzlich als die einzig richtige Entscheidung. Es ist
... ich kann nicht hier bleiben, John. Die Vorstellung,
diesen Typen eines Tages zu begegnet, bringt mich
um. Ich brauche Abstand. Ich muss hier einfach
raus, verstehst du das?" Ihre Stimme zitterte, sie
konnte nicht weiteressen.

John sah aus dem Fenster auf die Straße, während
der Kellner kam um abzuräumen.

Der schaute auf die Teller und begann zu schimpfen.
Ob es ihnen plötzlich nicht mehr schmecken würde
bei ihm, oder wie er die fast vollen Teller sonst verstehen solle?

Sie schwiegen. Mit lautem Gemecker und wenig Ef-
fektivität wurde der Tisch abgeräumt.

Als sie wieder alleine waren, sah John sie an. „Du
weißt nicht, worauf du dich da einlässt. Du kennst
diesen Mitch doch kaum. Was weißt du schon von
seiner Agentur?"

„Nicht viel", musste sie zugeben.

„Denk noch mal drüber nach Caro, bitte."

„Ich tue seit drei Tagen nichts anderes, John. Ich
habe mich entschieden. Ich würde gerne so schnell
wie möglich hier weg."

Er zuckte zusammen und sie nahm seine Hand.

„Natürlich nicht von dir, der Agentur und unserem Team. Das ist nicht der Grund und das weißt du auch."

Beklommen gingen sie, nachdem Caro gezahlt hatte, zusammen zum Wagen. John wirkte niedergeschlagen. „Ich komme wieder." Sie lächelte ihn an.

„Jaja."

„Wirklich."

„Wir wissen beide, dass das nicht der Fall sein wird, Caro."

Zwei Wochen später brachte John sie zum Flughafen. „Was kann ich tun, um dir das auszureden?", fragte er unsinnigerweise, während er den schweren Koffer auf das Gepäckband wuchtete. Eine Angestellte überprüfte das Gewicht und setzte den Koffer mit einem Knopfdruck in Bewegung. In der Abflughalle war es laut und hektisch. Aus dem Duty-Free-Shop wehte eine Parfümfahne herüber.

Caro nahm John in den Arm und strich ihm eine Haarsträhne aus der Stirn. „Der Flug dauert nicht mal acht Stunden, ich kann jederzeit zurückkommen."

„Tja, aber wirst du das auch tun?"

„Ihr werdet fantastisch ohne mich zurechtkommen, John."

„Ich mache mir Null Sorgen um die Agentur. Meine Sorge gilt ganz alleine dir. Dieser Mitch ist doch eine total dubiose Gestalt." Er runzelte die Stirn.

„Nun übertreibst du aber."

Sie sah ihm an, dass er wirklich in Sorge war. „Mit dubiosen Gestalten werde ich locker fertig", sagte sie grinsend.

Ihr Flug wurde aufgerufen. Die Leute stellten sich in die Schlange zum Check in, wobei ordentlich geschupst und gerempelt wurde.

John drückte sie fest an sich. Dann küsste er ihr Haar. „Pass auf dich auf, Carolina Blumenberg."

„Das werde ich tun."

„Wir werden dich vermissen."

„Ich weiß."

Er sah ihr in die Augen. „Ich werde dich vermissen."

„Ich dich auch, John."

Er hielt sie weiter fest.

„Ich muss gehen."

„Geh nicht."

Sie machte sich los. „Das ist albern, John. Ich bin doch nicht aus der Welt. Wir können jeden Tag telefonieren."

Aus dem Lautsprecher ertönte die letzte Aufforderung für die Passagiere nach New York, einzuchecken. Die Schlange war nur noch kurz, Caro stellte sich hinten an. John hielt schweigend ihre Hand.

Als sie sich trennen mussten, küsste er ihre Stirn. „bye bye".

***

Tania stand am Küchenfenster und sah hinaus zu ihrer Tochter, die auf der Terrasse saß.

Ganz plötzlich war es warm geworden. Der Frühling tat alles, um die Welt in ein angenehmes Licht zu tauchen. Jeder wollte an die frische Luft nach diesem langen, kalten Winter.

Marie war dünner geworden, richtig schlank. Und so ernst, genau wie Ben. Sie sind beide so schrecklich ernst geworden, dachte Tania.

Ben litt am meisten unter der Trennung von Lucas, auch wenn er das nicht zugab. Aber Tania kannte ihren Jungen.

Luc schrieb täglich. Meistens kurze, witzige WhatsApp-Nachrichten, die ihnen das Gefühl vermitteln sollten, es ginge ihm gut. Das Gegenteil war der Fall, das wussten sie alle.

Die großen Hoffnungen, die sie in die Reha gesteckt hatten, erfüllten sich leider nur in winzigen Schritten. Es war nicht ausgeschlossen, dass ihr Sohn sein ganzes weitere Leben im Rollstuhl würde verbringen müssen. Und Tania wusste nur zu gut, wie absolut grauenvoll das für ihn war. Ihn, den Sportstudenten. Den ehemaligen Sportstudenten. Wie sehr er mit seinem Schicksal haderte.

Zwei Wochen nach dem Krankenhausaufenthalt war Lucas in die Reha gekommen. Die erste Zeit war sie rund um die Uhr bei ihm gewesen. Aber seine zunehmende Gereiztheit machten ihr schnell klar, dass ihn das mehr belastete, als dass es ihm half. Also

234

war sie zurück nach Hause gefahren und hatte sich ans Werk gemacht. Lucas Zimmer, das wie alle Schlafzimmer im Obergeschoss lag, wurde behindertengerecht umgebaut. Ein Treppenlift installiert. Überall im Haus gab es nun Rampen, so dass er sich in seinem Rollstuhl so frei bewegen konnte, wie das in der Situation nur möglich war.

In ein paar Wochen würde die Reha beendet sein und ihr Sohn käme nach Hause. Sie würde sich um ihn kümmern. Das war jetzt ihre Aufgabe.

Sie musste sich langsam fertig machen, also ging sie auf die Terrasse zu ihrer Tochter und strich ihr übers Haar.

„Hallo Mama", murmelte Marie.

„Hallo Marie, ich bin mal kurz in der Stadt."

„Musst du sofort los?"

„Bald, ich habe einen Termin. Warum fragst du?"

„Hast du noch fünf Minuten?" Marie sah sie fragend an.

„Klar, worum geht es denn?" Tania setzte sich an den Tisch in einen der gepolsterten Gartenstühle.

Marie wirkte verlegen. „Ich hab mal eine Frage, Mama."

„Dann schieß los." Tania sah ihrer Tochter ins Gesicht, die wurde rot.

„Das, was mit Luc passiert ist, meinst du, das ist … irgendwie … ich weiß nicht genau, wie ich das formulieren soll", stammelte Marie, „ich frage mich schon die ganze Zeit, ob das von oben kam."

„Von oben?"

„Na ja, nicht gerade von Gott, oder so. Aber vielleicht war es ja doch eine Strafe von … irgendwem? Wegen der Scheiße, die die zwei gebaut haben?"

Tania lachte verunsichert. „Das meinst du nicht im Ernst, oder?"

„Weiß nicht." Marie zuckte hilflos mit den Schultern. „Marie, das war ein schreckliches Unglück und sonst gar nichts!"

„Und wenn doch mehr dahinter steckt …"

Tania sah ihrer Tochter an, dass sie sich ernsthafte Gedanken darüber machte. Und war einigermaßen ratlos, was sie ihr antworten sollte. Sie und Konstantin waren überzeugte Atheisten, denen alles, was nicht naturwissenschaftlich belegbar war, suspekt erschien. So hatten sie auch ihre Kinder erzogen.

Tania wollte gerade etwas Verharmlosendes antworten, als Marie wieder ansetzte.

„Weil, wenn es eine Strafe war, dann müsste ja Ben …" Sie ließ den Satz unvollendet.

Tania lief ein Schauder über den Rücken, dann straffte sie die Schultern. „Marie, so etwas wie eine *Strafe von oben* gibt es nicht."

„Was macht dich da so sicher, Mama?"

„Wenn jemand unsere Geschicke lenken würde, Marie, jemand - oder etwas -Mächtiges. Glaubst du, er - oder sie oder es -würde das ganze Elend zulassen, das auf der Welt herrscht?"

Marie zuckte mit den Achseln.

Tania stand auf und strich ihr noch einmal über das Haar. „Es wäre ja schön, wenn da so ein gütiger, alter Gott auf einer Wolke säße und auf uns Acht geben würde, Marie. Aber wir müssen schon selber auf uns aufpassen. Und das werden wir ab jetzt noch mehr tun als bisher. Einverstanden?"

„Einverstanden", antwortete ihre Tochter und lächelte ihr zu. Tania lächelte zurück, zog sich ihre Jacke an und nahm die Tasche. Sie fuhr am Galgenberg vorbei in die City.

Während der Fahrt hörte sie Musik.

The worst things in life come free to us, sang Ed Sheeran.

Wem sagst du das, dachte sie.

Vor dem großen Gebäude parkte sie und stieg aus. Sie klingelte an der Eingangspforte, nannte ihren Namen und der Summer wurde betätigt. Im Fahrstuhl dachte sie noch einmal über ihren Entschluss nach.

„Sie sind Frau Peters?" Ein freundlicher Mann nahm sie im sechsten Stock in Empfang.

„Ja, das bin ich. Wir haben gestern telefoniert?"

„Haben wir. Kommen Sie bitte mit." Sie gingen den langen Flur entlang. Alles wirkte sehr steril.

„Am besten setzen wir uns da an den Tisch, dann können wir gleich alle Formalitäten erledigen", sagte der Mann, lächelte sie an und wies auf eine kleine Sitzgruppe in seinem Büro. Tania setzte sich.

„Dann zeigen Sie mir mal das gute Stück." Wieder dieses nette Lächeln. Viel zu nett für einen Polizisten, dachte Tania. In Filmen lächeln Bullen nie.

Sie legte die Walther ihres Vaters auf den Tisch, der Polizist nahm sie an sich.

„Sie haben völlig recht, Frau Peters, so eine Waffe gehört in keinen Privathaushalt."

237

Tania bekam eine Empfangsbestätigung, unterschrieb ein paar Formulare, drückte dem netten Polizisten noch einmal die Hand und ging zurück zum Auto. Ihr Sohn Lucas kam bald zurück.

Eine Waffe im Haus war unter den Umständen keine gute Idee.

Amerika 2019

Ich hätte das Treppenhauslicht gar nicht gebraucht, um zu wissen, dass etwas nicht stimmt. Der Schein der gelben Funzel an der Decke bringt mir nur die Gewissheit. Jemand ist in meine Wohnung eingebrochen.

Komisch, dass es erst jetzt passiert, nach fast einem halben Jahr. Bei all den Pennern in der Gegend. Als ich die zerbrochene Tür zur Seite schiebe, wird etwas in meinem Hals ganz eng. Was, wenn die Einbrecher noch in der Wohnung sind?

Ich gehe zurück auf die Straße, meine Knie zittern nicht schlecht, das Herz klopft mir bis in den Kopf. Ich kann kaum tippen, so sehr beben meine Finger. Die Polizei verspricht, schnell da zu sein.

Dann breche ich in Tränen aus. Aus der Traum vom aufregenden New York. Endgültig aus.

Ich wusste am ersten Tag, dass mein Neustart nicht so werden würde, wie ich ihn mir vorgestellt hatte.

Das Agenturbüro lag in der verdrecktesten Gegend von Queens und dessen Räume fügten sich perfekt in die Gegend ein.

Man hatte zwar versucht, die Büros mit einem hellen Anstrich und hippen Möbeln cool wirken zu lassen, aber jegliche Coolness war vom Chaos verschluckt worden. Überall volle Aschenbecher und eingetrocknete Kaffeetassen auf Stapeln unsortierter Unterlagen.

Aktenordner stehen achtlos auf den Böden rum. Kein einziger Schreibtisch ist auch nur annähernd aufgeräumt.

Mitch hatte mir für den Anfang ein billiges Hotelzimmer besorgt, das so schmutzig war, dass ich mich kaum ins Bett zu legen wagte. Der ständige Lärm der Straßen machte mich zusätzlich wahnsinnig. Die ersten Nächte habe ich mich in den Schlaf geweint.

Es wurde etwas besser, als ich diese Wohnung gefunden, mir in der Agentur einen Raum erkämpft und beidem mit starken Putzmitteln zu Leibe gerückt war.

Meine neuen Kollegen - alles Männer - haben zwar gegrinst und etwas von den reinlichen Deutschen gemurmelt, aber das habe ich ignoriert.

Eigentlich waren sie alle sehr nett, wenn sie sich mal etwas Zeit nahmen. Nur nahmen sie sich fast nie Zeit. Ich hätte die Agentur innerhalb von Wochen von etwas, das man bestenfalls und mit viel gutem Willen als kreatives Chaos bezeichnen konnte, in ein effektiv arbeitendes Unternehmen verwandeln können, aber dafür hatte man mich nicht eingestellt. Ich sollte die Amerikatour für Stupid Prada buchen, mehr nicht. Also ging ich morgens ins Büro, arbeitete bis in die Nacht, holte mir auf dem Weg nach Hause irgendwo ein Sandwich, aß es in der kleinen Küche und fiel todmüde ins Bett. Um schlaflos dem Lärm der Großstadt zuzuhören. So habe ich mir mein Leben in New York nicht vorgestellt.

Die zwei Männer, die aus dem Polizeiwagen steigen, sind erstaunlich freundlich. Wir gehen zusammen

240

ins Haus. Die Polizisten zuerst, ich hinterher. Die Wohnung ist leer. Absolut leer. Nicht mal die alten Teppiche haben sie liegenlassen.

Meine Kreditkarten trage ich bei mir, Ausweise und sonstige wichtige Dokumente liegen im Safe bei der Bank.

Haben die Einbrecher etwas mitgehen lassen, dass ich vermissen werde? Kaum.

Mein Innerstes ist so leer wie die Wohnung.

„Diese Nacht werden Sie sich ein Hotelzimmer nehmen müssen, Mam." Einer der Polizisten berührt mich an der Schulter.

Ich werde diese Räume nie wieder betreten, das ist mir schlagartig klar.

Nachdem ich das Protokoll unterschrieben habe, stehe ich einfach da und horche in mich hinein.

Dann winke ich einem Taxi und nenne dem Fahrer das Ziel.

Manhattan, Times Square.

Dreißig Minuten später hält der Wagen mit quietschenden Rädern am Straßenrand. Der Fahrer, ein Inder, der stark nach exotischen Gewürzen riecht, hat mich die ganze Fahrt über vollgequatscht. Ich habe überhaupt nicht zugehört.

Times Square. Überall Menschen, Musik, Lachen.

Ich könnte nach Italien gehen, eine Weile bei meinen Eltern unterkriechen und nichts tun. Oder was ganz Neues anfangen. Irgendwo auf der Welt.

In einer Bar bestelle ich einen Merlot. Der richtige Wein, um den Kopf klar zu bekommen, rede ich mir ein.

241

Auf einer kleinen Bühne in der hintersten Ecke spielt eine Jazzband. Es ist sehr schummrig. Die Musiker, vier junge Männer, spielen ziemlich gut.

Italien wäre wirklich eine Option. Als der Kellner das zweite Glas vor mich stellt, denke ich übers Kloster nach. Oder Meditieren in Indien. Ich muss grinsen. Ich und meditieren. Die Jazzer spielen jetzt einen Standard. Ich wippe leicht mit den Füssen zum Takt. Soll ich mir eine andere Wohnung suchen? In einer besseren Gegend? Nach dem dritten Merlot ist meine Entscheidung gefallen. Ich gehe zurück auf die Straße, wo es nur unwesentlich leiser ist und hole mein Handy raus.

Beim ersten Klingeln wird mir bewusst, dass es in Deutschland Nacht ist.

Er meldet sich mit dieser verschlafenen Stimme, die ich immer so gemocht habe. „Ich hoffe, du hast einen guten Grund, mich mitten in der Nacht aus dem Schlaf zu klingeln."

Mein Hals wird mir eng, also schweige ich.

„Hey? Alles okay bei dir?" Er ist augenblicklich hellwach.

Mein Herz klopft wie verrückt.

Er könnte nein sagen, er könnte nein sagen, er könnte nein sagen, wummert es in meinem Kopf wie ein Tinnitus. Er könnte nein sagen.

„Caro, geht es dir gut?" Nun klingt er wirklich beunruhigt.

Ich muss etwas sagen. „Es ist alles okay, wenn man davon absieht, dass mir meine Wohnung ausgeräumt wurde."

„Was sagst du? Ist dir was passiert, bist du verletzt?"
Ich muss lachen. „Nein, alles okay, wirklich. Mach
dir keine Sorgen. Ich muss dich nur was fragen."
„Was genau ist denn passiert?"
„Ein einfacher Einbruch, wirklich. Es ist … ich
wollte fragen, ob …"
„Was genau haben die denn mitgehen lassen?"
„Alles."
„Alles? Das gibt es doch nicht."
„Sogar die Teppiche, aber das ist mir völlig egal. Hör
mal, ich muss dich was Wichtiges fragen, okay?"
„Was denn?"
Ich zögere.
Er könnte nein sagen, wummert es wieder in mei-
nem Kopf.
Dann hole ich tief Luft. „Ist mein Platz in der Agen-
tur noch frei, John?"
Er lacht laut auf, am anderen Ende des großen Tei-
ches. Am anderen Ende der Welt, so kommt es mir
jedenfalls vor.
„Dein Platz in der Agentur ist immer frei, Caro. Wir
alle würden uns freuen, dich endlich wieder hier zu
haben. Ich würde mich freuen."
Ich muss mich setzen. Sofort. Aber es gibt weit und
breit keinen Stuhl, also lehne ich mich gegen eine
Hauswand und atmete einmal tief durch.
„Dann bin ich ganz bald wieder da, John." Ich lege
auf und gehe zurück in die Bar.
Zeit für ein letztes Glas zum Abschied.

Deutschland 2019

Die Sonne brannte erbarmungslos vom Himmel. Es war so hell, dass Marie sich schützend die Hand über die Augen legen musste, um dem Spiel folgen zu können. Ihr Shirt klebte am Körper. Sie hätte dringend Schatten gebraucht, aber es gab keinen. Durst hatte sie auch.

Ben pfiff anerkennend durch die Zähne, auf der kleinen Tribüne wurde geklatscht. Luc hatte ein Tor geschossen, damit lag seine Mannschaft vorne. Marie nahm den Arm ihrer Mutter, um auf deren Uhr zu schauen. Noch drei Minuten Spielzeit.

„Wir gewinnen."

„Ja, sieht ganz so aus." Ben knuffte ihr in die Seite.

Als der Schiedsrichter abpfiff, atmete sie erleichtert aus.

„Ein tolles Spiel", meinte ihre Mutter und lächelte. „Das müssen wir feiern."

„Echt, wie denn?"

„Wir könnten zusammen essen gehen, sobald Luc fertig ist."

„Womit fertig?", fragte Lucas, der neben ihnen aufgetaucht war.

„Glückwunsch zum Tor." Ben klatschte ihn ab.

„Nicht schlecht fürs erste Mal, oder?"

„Wenn man bedenkt, dass nicht du, sondern Dein Rollstuhlrad das Tor geschossen hat." Ben grinste seinen Bruder an.

„Mach dich nicht über einen Krüppel lustig!"

„Jungs, hört auf mit den schlechten Scherzen. Luc geht … ähm … fährt jetzt duschen und anschließend lade ich euch zum Griechen ein, einverstanden?"

„Alles klar. Dann geh … ähm … fahre ich jetzt duschen." Lucas tippte sich an die Stirn und rollte davon. „Der Sport tut ihm gut." Marie wedelte sich mit der Hand ein bisschen Luft zu, es half nichts. Es war mörderisch heiß und nichts schien darauf zu deuten, dass es bald kühler werden würde. Die Nachrichten sprachen von einem Hitzesommer mit immer neuen Temperaturrekorden.

„Der Sport ist seine Rettung", entgegnete Ben.

Marie sah zu ihrer Mutter, die ihre Sonnenbrille abnahm und sich die Stirn mit einem Taschentuch abtrocknete. Sie sah gut aus.

„Puh, was für eine Hitze. Vielleicht ist der Grieche doch keine so gute Idee. Lasst uns in den Biergarten fahren, da ist es kühler", meinte sie lächelnd.

Eine Stunde später schob Ben seinen Bruder zu einem Tisch, über dem eine riesige Eiche Schatten spendete. Die Räder des Rollstuhls waren mit dem Kiesweg nicht einverstanden und versagten immer wieder ihren Dienst. Ben fluchte leise vor sich hin.

Ihre Mutter hatte sie am Biergarten abgesetzt und war mit Marie nach Hause gefahren, um schnell zu duschen. Sie würden später nachkommen.

„Willst du ein Bier?"

„Ja."

„War ein cooles Spiel."

245

„Hm."

„Alles okay, Luc?"

„Wenn man davon absieht, dass ich im Rollstuhl sitze."

Ben strich sich die Haare aus der Stirn. „Das wird sich ändern."

„Sagt wer?"

„Die Ärzte."

„Die Ärzte sind *vorsichtig optimistisch*, wie sie das nennen. Was soll ich mir dafür kaufen?"

„Du musst daran glauben, Luc."

„Red nicht wie ein Scheiß Esoteriker."

Ben sah der Kellnerin hinterher, die in einem engen Top und kurzen Hosen durch den Kies lief. Sie trug ein interessantes Tattoo auf dem rechten Oberschenkel.

„Ich wünschte, ich könnte mit dir tauschen."

Lucas schnaubte. „Du wärst also gerne ein Krüppel?"

„Du bist kein Krüppel!"

„Ich kann diese Mitleidsnummer nicht ausstehen, also hör gefälligst auf damit." Vom Nebentisch sah ein älterer Mann zu ihnen rüber. „Ist was?", fragte Lucas barsch. Der Mann schüttelte den Kopf und blickte in die Speisekarte.

Ben sah seinen Bruder an. „Wir haben Scheiß gebaut, Luc. Richtigen Scheiß. Und jetzt …"

„Was und jetzt?"

„Nichts. Vergiss es einfach."

„Jetzt hat die Rache Gottes zugeschlagen?"

„Natürlich nicht."

„Was willst du denn dann sagen?" Lucas lachte bitter. „Na los, raus damit!"

Ben legte seine Hand auf Lucs Arm. „Du wirst wieder gesund. Und bis es soweit ist, bin ich für dich da. Tag und Nacht."

„Hast du einen Kitschfilm gefrühstückt, oder was?"

„Du kannst so zynisch sein, wie du willst. Das ändert nichts daran, dass ich mich um dich kümmern werde. Wir trainieren zusammen. Wir bauen Deine Muskeln wieder auf. Das Spiel heute war ein Anfang. Du wirst wieder gesund!"

„Mann, Mann, Mann, geht's noch ´ne Nummer größer?"

Ben sah seinen Zwillingsbruder ernst an. „Du wirst wieder gesund, Luc."

***

John steckte seinen Kopf durch die Tür ihres Büros.

„Lass uns einen Happen essen gehen, okay?"

Caro sah ihn verwundert an. „Jetzt?"

„Warum nicht?" Er lächelte sie an.

„John, das ist mein erster Tag. Ich habe jede Menge …"

„Nun komm schon, ich muss dir ein paar Dinge sagen."

Zögernd legte Caro ihre Unterlagen beiseite. Sie würde die erste Zeit Tag und Nacht arbeiten müssen, bis sie wieder auf dem Stand der anderen war. „Kann das nicht warten?"

John nahm ihre Hand, zog sie vom Stuhl hoch und schob sie aus dem Büro. „Nein, kann es nicht."

Kurze Zeit später saßen sie sich in dem schattigen Hinterhof eines Inders mit zweifelhafter Küche gegenüber. Scheinbar ging es John nicht ums Essen, sonst hätte er ein anderes Restaurant gewählt. Aus dem Küchenfenster erklang indische Musik, jemand sang ziemlich schief mit.

„Die Agentur steht gut da, finde ich." Caro war insgeheim ein bisschen enttäuscht, dass nicht mehr Chaos herrschte. Offensichtlich war man gut ohne sie zurechtgekommen.

„Ja, das ist einer der Punkte, über die ich mit dir reden will."

„Es gibt hoffentlich keine Probleme?"

„Nein. Das es ja gerade."

248

Der Kellner, ein wahnsinnig dünner Mann mit noch dünnerem Oberlippenbart nahm ihre Bestellung auf. Caro hatte keinen großen Hunger und bestellte sich eine scharfe Suppe. John ein Nudelgericht.

„Das ist es ja gerade? Wie meinst du das?" Caro sah fragend zu John.

„Als du nach Amerika gegangen bist, habe ich befürchtet, dass in der Agentur das totale Chaos ausbricht."

„Tat es aber nicht?"

„Nein."

Caro verspürte ein leichtes Ziehen im Bauch. „Ich bin eben nicht so wichtig."

John grinste. „Einen Tag nach deiner Abreise wurde ich krank."

Sie setzte sich auf. „Was? Davon hast du mir ja gar nichts gesagt?"

„Es war nichts Schlimmes. Erkältung, ein bisschen Fieber. Aber ich konnte zwei Wochen nicht in die Agentur."

„Du meine Güte."

„Das dachte ich auch. Aber - Überraschung! - als ich zurückkam, lief alles wie am Schnürchen. Und das hat mir die Augen geöffnet."

Der Kellner brachte ihre Bestellung. Caro sah auf seine schmale Taille und den flachen Bauch. Beneidenswert schlank. Vielleicht sollte sie öfters Indisch essen. Aus der Küche erklang noch immer die fremde Musik, zu der jemand seine nicht vorhandenen Gesangskünste erprobte.

Sie nahm einen Löffel Suppe. Sofort schossen ihr von der Schärfe Tränen in die Augen. „Puh, es war vielleicht keine so gute Idee, bei der Hitze eine Suppe zu bestellen."

John lachte, während sie einen Schluck Wasser trank.

„Die Augen wofür geöffnet?", fragte Caro, nachdem sich das Brennen in ihrem Hals gelegt hatte.

Er strich sanft über ihre Handfläche. „Dafür, dass wir unsere Arbeit viel zu ernst genommen haben. Wir haben geglaubt, dass ohne uns nichts läuft. Aber unsere Leute sind top. Der Laden läuft runder als rund, auch wenn wir nicht ständig alles kontrollieren."

„Da hast du sicher recht."

John sah ihr in die Augen. „Wir haben den Job vor unser Privatleben gestellt. Damals, meine ich." Verlegen zupfte er an der Serviette herum.

„Na ja, wir habe die Agentur ja erstmal aufbauen müssen."

„Aber um welchen Preis?" Er aß einen Happen seiner Nudeln, schien aber keinen großen Appetit zu haben.

„Was willst du damit sagen?"

John legte die Stäbchen beiseite, wischte sich mit der Serviette über den Mund, nahm ihre Hände und sah ihr in die Augen. „Ich habe nie aufgehört dich zu lieben, Caro. Auch wenn du erst weggehen musstest, damit mir das klar wurde. Ich würde ... also ... es wäre schön, wenn wir es noch einmal miteinander ... na, du weißt schon." Er starrte auf seinen Teller.

Scheinbar gab es da etwas sehr Interessantes zu sehen.

Dann blickte er auf. „Gibt es noch eine Chance für uns, Caro?"

Gab es die?

„Ich weiß es nicht, John." Sie lächelte ihn an. „Aber ich werde sorgfältig darüber nachdenken."

Ende

Von der Autorin außerdem erschienen:

Das mit dir und mir
Jugendbuch, dtv 2014

Hat sie dieser gutaussehende Typ wirklich gerade gefragt, ob sie mit ihm auf ein Konzert gehen will? Ihr erstes Date! Und dann kommt er nicht. Warum läuft er ihr später aber ständig über den Weg – und warum kann sie ihn nicht einfach vergessen? Skinny muss sich eingestehen, dass sie sich Hals über Kopf verliebt hat.

A Song about Love
Young Adult, BoD 2015

Jonas verliebt sich Hals über Kopf in die schöne Mona. Und Mona erwidert seine Gefühle. Es könnte der Sommer ihres Lebens werden. Wenn da nicht diese Scheißwette wäre, auf die sich Jonas leichtsinnerweise eingelassen hat. Denn die bringt alles ins Wanken. Seine Liebe, seine Zukunft, seine Existenz. Und irgendwann zählt nur noch eines: Er muss seine große Liebe retten!

Zwischen Jetzt und Morgen
Young Adult, BoD 2019

Die sechzehnjährige Maryam fällt aus allen Wolken, als der coolste Typ der Schule völlig unbekümmert mit ihr flirtet, obwohl Jungs wie er doch auf ganz andere Mädchen stehen. Und warum lässt er einfach nicht locker, obwohl sie ihn mit Witz und frechen Sprüchen auf Abstand zu halten versucht? Als eines Tages Maryams Schulfreund Liam spurlos verschwindet, begreift sie, dass sie Teil eines perfiden Spiels ist. Doch da schwebt sie bereits in Lebensgefahr.